厨《ちゅう》病《びょう》激《げき》発《はつ》ボ
chubyou gekihatsu-boy 11
野田
超新星プライド
原案：れるりり (Kitty creators)
著：藤並みなと
ラスト：大神アキラ

ヒーロー部に新たなる敵、登場——!?

「誰かを助けられるヒーローはカッコいい、
おれはカッコいい男になりたいから、
ヒーロー部を創った！」
「そういうところが寒いんだよ」

chubyou gekihatsu-boy
contents

厨病激発ボーイ

プライド超新星

原案／れるりり(Kitty creators)

著／藤並みなと

22274

角川ビーンズ文庫

口絵・本文イラスト／大神アキラ

イラストカット／こじみるく（Ｋｉｔｔｙ　ｃｒｅａｔｏｒｓ）

第一章　繁忙プレパレーション！

ふわりと甘く痺《しび》れる香《かお》りが鼻をかすめて、通学路沿いの生け垣《がき》を見上げると、小さな星を集めたようなオレンジの花が咲《さ》いていた。

「金木犀《きんもくせい》……秋になったんだな」

七夕祭りに合宿、プールにラップ大会にドラマ撮影《さつえい》……。

数えきれないほど色々なことがあった鮮烈《せんれつ》な夏を追憶《ついおく》して、少しだけしんみりした気分で歩き出す。

しかしそんな感傷《かんしょう》も、ぽこぽこした羊雲と青空の下にそびえたつ馴染《なじ》みの校舎に近付くに従って、かき消されていった。

ドンドンドン……と、聞こえてくるのは太鼓《たいこ》の音。

なんだろう？　という疑問は、校庭の一角に並んだ生徒たちの姿を見て解決した。

「フレーフレー、あ・か・ぐ・み！」

体育祭の応援《おうえん》団の練習をしてるらしい。

そしてその先頭に立って声を張り上げてるのは――

「まだまだ声量が足りないぞ！　もっと、もっとだ……おまえの限界を、超《こ》えてみろおおお！」

野田《のだ》君!?

くりくりした大きな瞳《ひとみ》の、可愛《かわい》らしい顔立ち。活《い》き活きとよく動く小柄《こがら》な体軀《たいく》。やたらに熱い台詞《せりふ》。頭には赤白帽《ぼう》。

どこからどう見ても、高二になっても地球を守るために日々修行《しゅぎょう》に励《はげ》み続ける永遠の少年、行動力と正義感の塊《かたまり》、我らがヒーロー部の部長にしてレッド・野田大和《やまと》だ。

「おれたちの闘志《とうし》で、地球を丸ごと燃やし尽《つ》くしてやろうぜ！」

って野田君、うっかりヒーローというより悪の組織みたいなこと言っちゃってるよ!?

そしてその傍《かたわ》らで太鼓を叩《たた》いているのは――

「武道館ライブのアイライバーを見習おうぜ。そんなへなちょこじゃ空良《そら》ちゃんたちに届かないぞー！」

金髪《きんぱつ》にヘアピン。華《はな》やかで人好きのする顔立ち。すらりと伸《の》びた肢体《したい》。芸能事務所にいても違和感《いわかん》ないアイドル系イケメンなのに二次元しか愛せない、何かと器用で友達思い、コミュ力も高いのにリアル女子の前では「あばばばば」、知れば知るほど残念感が深まる重度のオタク——ヒーロー部イエロー・高嶋智樹《たかしまともき》。

どうやら赤組は野田君が応援団長、高嶋君が副団長になったらしい。


「ククッ、なるほど、そういうわけか……」


不意に後ろから含《ふく》み笑いが聞こえて、振《ふ》り返ると、ヒョウ柄《がら》アウターを着た背の高い赤《あか》髪《がみ》男子がしたり顔で腕《うで》を組んでいた。

ド派手な服装やマニアックなものを好むことで「人とは違《ちが》った自分」を演出したがるサブカル系、陰《かげ》の支配者のごとき言動を繰《く》り返しつつも、家では姉たちに頭が上がらず幼い弟妹《ていまい》のお世話や家事に明け暮れる弄《いじ》られ黒幕——ヒーロー部パープル・九十九零《つくもれい》。

「おはよう、聖《ひじり》サン」

「おはよう。そういうわけって、どういう意味？」

「〈あいつ〉が応援団をやるなんて、いったいどういう風の吹《ふ》き回しかと思ったんだ。でも、野田が赤組の団長と知って、納得《なっとく》したわけ」

もったいぶったようにそう話しながら、九十九君が指さした先に見えたのは、白組の応援団。彼らを率いているリーダーは——


「ワンモアタイム！　頭から行くぞ。フレーフレー、し・ろ・ぐ・み！」


オリーブ色の髪。鋭《するど》い双眸《そうぼう》に陶器《とうき》のような白皙《はくせき》。抜群《ばつぐん》のスタイル。

日本人離《ばな》れした美貌《びぼう》に優秀《ゆうしゅう》な知能と運動神経を併《あわ》せ持つハイスペック帰国子女、だがその実態は【†刹那《せつな》　騎《き》悧《り》斗《と》†】というアレなハンドルネームとアハンなノリで音痴《おんち》過ぎる歌を世界に配信するナルシストな歌い手——ヒーロー部グリーン・厨二葉《みくりやふたば》。

「厨君が白組団長!?」

「去年の体育祭では、野田に敗れたからね。あの負けず嫌《ぎら》い、ずっとリベンジの機会を待ちわびていたんだろう」

「よっぽど悔《くや》しかったんだね……でも、こうなると白組の副団長はまさか中村《なかむら》君――」

「オラオラオラ！　全然気合がたらねーぞ、ビッとしろやオラ！」

じゃなくて虎之《とらの》助《すけ》君か！
上級生にも畏縮《いしゅく》することなくバチを振るって気炎《きえん》を上げている彼は、逆立てたオレンジ系の金髪に三白眼。
ヤンキーに憧《あこが》れ高校デビューするも、根はピュアで真面目《まじめ》な熱血少年、無遅刻《むちこく》無欠席で成績は上位と、素行はむしろ優等生な気のいい後輩《こうはい》――ヒーロー部一年生・松丸《まつまる》虎之助。

「俺は闇《やみ》に生きる孤高《ここう》の黒騎《くろき》士《し》・竜翔院凍牙《りゅうしょういんとうが》――祭りの喧騒《けんそう》とは無縁《むえん》の宿命《さだめ》にある」

響《ひび》いた低音に視線を向けると、先ほど思い浮《う》かべていた細身の黒髪眼鏡男子が、憂《うれ》いに満ちた眼差《まなざ》しとともに変なポーズをとっていた。
色んな意味で並外れた頭脳を誇《ほこ》る学年トップ、芸術方面の才能も豊かでガチの天才かもなのに右腕《みぎうで》に宿してしまった暗黒神で全《すべ》てが台無し、邪気眼《じゃきがん》系ハイエンド厨二病《ちゅうにびょう》——ヒーロー部ブラック・中村和博《かずひろ》。

「まあ体力ゼロの中村に応援団は無理だよね」

「見くびるな！　以前も語っただろう、俺が本気の力を解放するとこの世界のバランスが崩《くず》れるため、俺はあえて自らに強い負荷《ふか》をかけ、極度に能力を制限しているのだ……」

「体育祭か……良いのぅ、半裸《はんら》の男どもが汗《あせ》だくになりながらくんずほぐれつ互《たが》いの〈棒〉を握《にぎ》り合い、激しく奪《うば》い合うのじゃな……!?」

　ククククク……とよだれをぬぐいながら邪悪な笑《え》みとともに登場したのは、虎之助君と同じくヒーロー部一年生の木下莉夢《きのしたりむ》。朝から何を言ってるんだこの子は!?

　両耳の下で結ばれた緩《ゆる》やかに波打つ長い銀髪《ぎんぱつ》。左目に眼帯。人形めいた色白華奢《きゃしゃ》な美少女の全身を包むのは、過度のフリルやレースで装飾《そうしょく》された黒いドレス。

「魔王《まおう》・莉々夢《リリム》＝シュテルリーベ＝ナイトメサイヤ」を名乗るゴスロリ少女であり、男同士の恋愛《れんあい》をこよなく愛する腐女子《ふじょし》でもある、これまた濃《こ》すぎる後輩だ。

ここにピンクである私、聖瑞姫《みずき》が加わって、皆神《みなかみ》高校ヒーロー部となるわけだけど……

「もしかして莉夢ちゃんが言ってるの、棒取りゲームのこと？」

「うむ、その通りじゃ。……騎馬戦《きばせん》も昂《たか》ぶるのう。それぞれが4〈ピーッ〉で一体となり、騎乗●で攻《せ》めまくる……グフフフフ」

「やめろ！　ピー音機能してないし、こっち見ながらニヤニヤするなー！」

「あっ、ピンク、パープル、ブラック、莉々夢！　おはよう！」

「ふうー、朝練終わりっと……『アイライブ！』で空良ちゃんチャージだ」

「モーニン。おまえら、さては俺の雄姿《ゆうし》に見惚《みと》れてたな？」

「今年はオレたち白組がテッペンとるんで、そこんとこ夜露死苦《よろしく》！」

「ぐがあああ、まずい、右腕が、疼《うず》きだした……！」

秋になっても、まだまだ賑《にぎ》やかな毎日は続きそうだ。

☆★☆

「今年はヒーロー部員の半分が応援《おうえん》団なんだね」

「おう！『赤組団長はおまえしかいない』って去年の団長から直々に託《たく》されたからな！絶対熱い体育祭にするぞ。しかも白組はグリーンが団長なんて、最っ高に燃えるぜ！」

そんなことを話しながら、野田君、高嶋君、九十九君、私の四人で２‐Ｃの教室に入っていくと、「おはようございます」と翠《みどり》の瞳《ひとみ》の美少女が、栗色《くりいろ》のサイドテールを揺《ゆ》らしながら近付いてきた。

「アリスちゃん、おはよう」

「おはよう！」

「おっす」

「おはよう」

「あ、あの……」

なぜか頬《ほお》を赤く染め、もじもじしながら目を伏《ふ》せるアリスちゃん。

「どうしたの？」

「……た、高嶋君。今日の昼休み、お時間をいただけますか？」

アリスちゃんは真剣《しんけん》な眼差しで金髪男子を見上げると、両手をぎゅっと胸の前で握りしめ、勇気を振り絞《しぼ》るように言った。

「大切なお話があるんです……！」

「……!?　べ、べべ別にいいけど……」

思いっきり声を裏返しながら高嶋君が返答し、アリスちゃんが胸を押さえながらふうっとため息をついたところで。

「皆さん、おはようございます」

細身に白衣をまとった名《な》雪《ゆき》先生が入ってきて、すぐにＳＨＲ《ショートホームルーム》になった。


アリスちゃん、どうしたんだろう……？　明らかに、様子がおかしい。

……もしかして、ついに告白しちゃう……とか？


その後、高嶋君はずっと上の空。

アリスちゃんは授業中に高嶋君と目が合うとパッと顔を背《そむ》けたり……まあこれはいつも通りなんだけど。そんな彼女の反応に高嶋君も目を泳がせて、わかりやすく動揺《どうよう》していた。

そして、とうとう昼休みになった。

「場所を変えたいので、ついてきていただけますか？」

「わ、わかった」

緊張《きんちょう》の面持《おもも》ちで出ていくアリスちゃんと、ギクシャクと右手と右足を同時に出す不自然な動作でついていく高嶋君。

残された私たちは顔を見合わせ、大きく頷《うなず》いた。

――つけるしかない！

廊下《ろうか》を進んでいく二人の後ろをこそこそと追っていたら、「これはいったいどんな任務だ？」と低音が響き、振《ふ》り向けばいつの間にかA組の二人が合流していた。

「出歯《でば》亀《がめ》は感心しねーなあ」

「そういう二葉だって、ついてくる気満々でしょ」

「あっ、ターゲットが外に出るぞ！」

そうしてたどり着いたのは、人気のない旧校舎の裏だった。

「むう、見えにくい……」

「馬鹿《ばか》、押すなって！」

「シーッ、声が大きいよ」

私たちは植え込みの陰《かげ》から、彼らの様子をこっそりうかがう。

「は、はは話って？」

「あの……突然《とつぜん》すみません……」

声を裏返して問う高嶋君を、思いつめた瞳で見つめるアリスちゃん。

「あの尋常《じんじょう》でない雰囲気《ふんいき》……やはり告白とみて間違《まちが》いないね」

「告白？　西園寺《さいおんじ》アリスには何か懺悔《ざんげ》したい過去が……？」

「実は宇宙人だったとかか⁉」

的外れな反応を返す中村君と野田君に、厨君が「スチューピッド」と呆《あき》れ顔で囁《ささや》く。

「ラブの告白に決まってるだろ」

「あ、そっちか！」

「何……あの女、そうだったのか⁉」

中村君、今まで気づいてなかったのか……。

「……でも、わたくしには全然突然のことじゃなくて。ずっとずっと前から、想《おも》ってたんです……！」

アリスちゃんはそこまでしゃべると、ほうっと吐息《といき》を漏《も》らす。

わああ、いいぞ、アリスちゃん、その調子！　頑張《がんば》って！


「勝負時だな！」

「正直、やっとか、って気がするけど」

「Look who's talking.（お前が言うな）」

「よし、恋《こい》する乙女《おとめ》よ、今こそ愛の言霊《ことだま》を解放するのだ……！」

「もう、みんな黙《だま》って見守って！」

「なかなか踏《ふ》ん切りがつかなくて、こんなタイミングになってしまったのですが……もう、高嶋君しか考えられなくて」

熱がこもったアリスちゃんの言葉に、高嶋君も含《ふく》めたその場の全員が大きく息をのむ。

ついに……！

「高嶋君、どうかわたくしの――」

あと一息！

「選挙の推薦人《すいせんにん》になってくださいませ！」

陰で身を乗り出していた一同がズコーッとつんのめり、植え込みの揺れる音で二人が振り返った。

「おまえら……！」

「どうしてここに？」

「ごめん、アリスちゃんの様子が普通《ふつう》じゃなかったから気になっちゃって……」

「選挙って、生徒会選挙のことか？」

「そうですわ」

体育祭が終わるとすぐ、生徒会選挙があるんだっけ。

幸い、アリスちゃんは私たちに驚《おどろ》きはしても気分を害することはなかったようで、コクリと頷くと、説明してくれた。

「わたくし、葵《あおい》お姉さまに憧《あこが》れて、ずっと前から生徒会長になりたいって想っていたんです。ただ、なかなか立候補する勇気が出なくて、こんな風にいきなりお願いすることになってしまったのですが……」

それでもじもじしてたのか。ま、まぎらわしい……。

「そんな構える必要はないって何度も言ってるんだけどね」

ガサッと近くの茂《しげ》みから、呆れ顔の眼鏡男子が姿を現した。

「景野《かげの》君も隠《かく》れて見てたの!?」

「推薦人を頼《たの》むつもりなのは知ってたけど、西園寺さんがテンパって変なこと口走らないか見《けん》ぶ——じゃなくて見守ってたんだよ」

「今見物って言いかけませんでした?」

「もともと彼がいいんじゃないかって提案したのは僕だし」

ジト目でとがめるアリスちゃんにはそ知らぬふりで、言葉を継《つ》ぐ景野君。

「どうして俺？」

極度の緊張から解放されたばかりの高嶋君が、まだ気の抜《ぬ》けた様子で尋《たず》ねる。

「選挙に有利なのは実績と人脈だろう？　西園寺さんは一年間生徒会役員として働いた実績はあるけど、知り合いが少ないから、推薦人は顔が広い人物がいい。そして、西園寺さんの極《きわ》めて狭《せま》い交友関係の中でその条件に当てはまるのが、君ってわけ」

「極めて狭いって、失礼ですわよ！」

「本当のことでしょ」

景野君にバッサリ切られて、うぐっと言葉に詰《つ》まるアリスちゃん。

別にアリスちゃんがクラスで孤立《こりつ》してるとかではないんだけど、こういうことを頼めるくらい仲のいい人はそんなにいないんだろうな。私も同じだし。

「西園寺には空良ちゃんの激レアカードをもらった恩があるし、やってもいいけど……景野の方が適任じゃないか？　同じ生徒会で、西園寺のことよくわかってそうだし」

そう言った高嶋君の声は、どこか彼らしくなくぶっきらぼうに響《ひび》いた。

「西園寺が会長になったら、おまえが副会長になるんだろ？」

生徒会メンバーは、会長の指名で決まるんだよね。

確かに、経験者で気心の知れた景野君がやるのが妥当《だとう》……と思ったけど。

「いや、僕は今期いっぱいで生徒会を離《はな》れるよ」

景野君はあっさり否定すると、「さっき言った通り……」と高嶋君に人差し指を向ける。

「推薦人は友達の多い奴《やつ》がいいんだって。僕みたいな陰《いん》キャは、こういうのは向いてない。人前で話すのも苦手だし……その点、君は放送委員だからマイクを通して話すのもお手の物だろう？」

なるほど、理屈《りくつ》は通ってる。

「景野も選挙運動には協力してくれるそうです……わ、わたくしも、推薦人は高嶋君以上の適任者はいないと思いますわ。お願いします……！」

普段《ふだん》は意地っ張りのアリスちゃんからまっすぐに懇願《こんがん》されて、高嶋君は目をパチパチさせていたけれど、やがてふっと力強く微笑《ほほえ》んだ。

「――オーケー。『アイライブ！』総選挙では指が攣《つ》るまでウェブ投票しまくって空良ちゃんの一位に貢献《こうけん》した俺の力、見せてやろう！」

……人選ミスってない？　大丈夫《だいじょうぶ》？

「ありがとうございます！　とりあえず、選挙のことで動き出すのは体育祭が終わってからで大丈夫ですわ。応援《おうえん》団の練習も大変でしょうし……」

アリスちゃんはそこでハッとしたように口を押さえるやいなや赤面し、急に早口になる。

「どどどどうして応援団って知ってるかって、別に貴方《あなた》の動向に注目してるとかではなく、生徒会として情報を把《は》握《あく》してるだけですからっ！　それだけなのでっ！」

「アリスちゃん、どうどう、落ち着いて」

せっかく素《す》直《なお》になれたと思った矢先に……先は長そうだな。

「うん、まずは体育祭だよね。――実は体育祭実行委員会が今日の放課後から始まるんだけど、人手が足りなくてさ。ヒーロー部に手伝ってもらえないかな？　手が空いてる人だけでいいから」

景野君が言うと、平静を取り戻《もど》したアリスちゃんも「ご助力いただけたら幸いですわ」と頭を下げた。

「ヒーロー部の皆《みな》さんならおもしろいアイディアを出してくれそうですし……せっかくの体育祭なので、準備段階から力を入れて、思い出に残る活気あるイベントにしたいんです！」

「そういうことなら、協力するよ」

快諾《かいだく》する私たちに、笑顔《えがお》になる二人。

野田君も満面の笑みを浮《う》かべながら、「よーし」と勢いよく拳《こぶし》を突《つ》き上げた。

「応援団と、実行委員。ヒーロー部全員で、体育祭、盛り上げるぞー！」

☆★☆

「――それでは、第一回体育祭実行委員会を始めます。実行委員長はわたくし、生徒会長の朝篠宮《あさしのみや》葵が務めさせていただきます」

黒板の前の司会席で黒髪《くろかみ》ストレートロングのお嬢様《じょうさま》然とした美女が会釈《えしゃく》をすると、その隣《となり》に座っていた中性的な麗人《れいじん》が後に続く。

「副委員長の、宝塚芳佳《たからづかよしか》です。今日は忌憚《きたん》なく意見を交《か》わし合えたらと思ってるから、よろしくね」

超然《ちょうぜん》としたオーラをまとう会長とは対照的に、親しみやすい空気を醸《かも》しながら、一同を見回す副会長。いいバランスだなと思うし、いつ見てもここの並びは目の保養……。

皆神高校では、体育祭と文化祭は生徒会執行部《しっこうぶ》の下《もと》でそれぞれの実行委員が活動する。会長の右隣には書記のアリスちゃん、副会長の左隣には会計の景野君。ヒーロー部は会議室でロの字形に並んだ机の、黒板を前にして左奥の辺りに陣取《じんど》っている。

ちなみに、初回の会議には応援団の団長副団長も参加するらしく、野田君たちもすぐそばに座っていた。つまり、全員参加だね。

「まずは競技について決めようと思います。用具の準備やタイムキープの観点から、基本的には昨年と同じにして、希望があれば適宜《てきぎ》入れ替《か》える形を想定していますが——昨年は種目名が個性的だったようですね」

参考資料として配られた去年のプログラムには、『熱闘《ねっとう》！　百メートル走』やら『ぶっちぎれ！　綱引《つなひ》き合戦』などの種目が並んでいた。

「おれが考えたやつだ」と野田君が小声で零《こぼ》す。

「その件だが、俺から提案がある」

不意に私の隣の席からすっと挙手したのは、お馴染《なじ》みの黒髪眼鏡男子。

「中村君、なんですか？」

「去年とまったく同じでは芸がないからな……新たに考案してみたのだ。これが、そのリストだ」

そんな言葉とともに配られたプリントを見ると、『胎動《プロローグ》～風立ちぬ、いざ生きめやも』から始まって『終幕《ファンファーレ》～そして伝説へ……』で終わるまで、謎《なぞ》のキャッチフレーズがずらりと書き連ねられていた。


「風立ちぬ……ポール・ヴァレリーですか？　これは、いったい何の文書なんですか？」

「体育祭の開会式から閉会式までを、詩的に表現し直した進行表《プログラム》だ」

フッ、と誇らし気に説明する中村君。……種目名を全部厨二《ちゅうに》っぽくしたんだね。

昼に依頼《いらい》を受けたばかりなのにこの仕事の速さ、驚《おどろ》くべき有能ぶりだけど、出来上がったものはどうしようもなくおバカそのものだ。

「『情動《パルス》〜閃光疾《せんこうはし》りて』というのは？」

「百メートル走」

「『宿縁《ウロボロス》〜ヘラクレスの試練、そして仮初《かりそめ》の邂逅《かいこう》』は？」

「障害物競走と借り物競走」

「『饗宴《ワルプルギス》〜供物《くもつ》を捧《ささ》げよ、愚民《ぐみん》ども』『生贄《サクリファイス》〜其《そ》は聖者の肉体』『誓約《レゾンデートル》〜この手は離さない』」

「玉入れ、パン食い競走、綱引き」

「レゾンデートル……！〈存在理由〉を意味するこの用語をあえて〈誓約《せいやく》〉にルビ振《ふ》るとは、なかなか心憎《こころにく》いではないか、竜翔院凍牙」

「わかるか、莉々夢＝シュテルリーベ＝ナイトメサイヤ」

ガタッと興奮したように立ち上がった莉夢ちゃんと、ガシッと嬉《うれ》しそうに握手《あくしゅ》する中村君。

直後、「却下《きゃっか》です」と容赦《ようしゃ》ない会長の声が響いた。

「なん、だと……!?」

「何の競技かわからないので、プログラムの意味を成しません」

あまりにも真っ当な理由で切り捨てると、「さて」と朝篠宮会長は何事もなかったかのように一同を見回した。

「昨年、別の高校の体育祭でですが、借り物競走の際に借りたものが破損するトラブルが発生したという報告がありました。同様のトラブルを避《さ》けるため、今年は借り物競走は中止にしようと思うのですが、いかがでしょうか？」

ざわ、と会議室内が揺《ゆ》れる。

借り物競走……結構盛り上がる競技だから、なくなっちゃうのは残念だけど……。

「滅多《めった》にないリスクを恐《おそ》れて、あれもこれも禁止にする事なかれ主義には辟易《へきえき》するね」

はあっとため息交じりに、そんな発言をしたのは九十九君。ちょっと、言い方……！

挑発《ちょうはつ》的な態度に、朝篠宮会長がすっと目を細める。

「リスクがある以上、対策なしに続行するわけにはいきません」

「リスクがない競技なんてないでしょ。走れば転んで怪我《けが》をするかもしれない、熱中症《ねっちゅうしょう》になるかもしれない……」

「屁理屈《へりくつ》はやめてください」

「じゃあ、こういうのはどう？　『借り物』じゃなくて、条件に合う人を連れてくる『借り人』競走にする。去年もそういうお題はあったけど、今年は人限定にするんだ」

……なるほど、それはありかも！

「確かに、連れて行くのが人なら、紛失《ふんしつ》や破損の危険はありませんね」

朝篠宮会長は眉間《みけん》に寄せていたしわを解き、周りの生徒たちも好反応のようだった。

「今年は借り人競走に変更《へんこう》する、という案が出ましたが、どうですか？　他《ほか》に何か意見があればどうぞ」

宝塚副会長の問いかけに、「ありませーん」「賛成〜」という声が飛び交《か》い、特に反対意見はなさそうだったので、今年は借り人競走をすることに決まった。

ニヤリ、と笑みを浮かべる九十九君。ちゃんとアイディアがあるなら、あんな突っかかるような言い方せずに最初から提案すればいいのに……ハラハラするなあ。

「競技について、他に意見はありませんか？」

「はい」と挙手をしたのは黒板係をやっていたアリスちゃん。

「毎年『マスゲーム』は不評なので、廃止《はいし》にして何か別の種目に変更してはどうかと思いますわ」

途端《とたん》に、「あ～」という共感の空気が満ちる。

だいたい運動ができなかったり、走りたくない子たちが集まって行われる組体操のようなものなのだけど、やる側も見る側も別に楽しくない誰得《だれとく》種目だったので、わかりみが深かった。


「生徒全員が、何かしら参加する機会を設けるための種目だったと思いますが……」

「全員参加種目なら大玉送りがあるし、なんでも無理に参加させる必要ないよなあ」

「マスゲームって練習が面倒《めんどう》だから運動嫌《ぎら》いにも不評で、希望者がいなくてじゃんけんで負けた人がやってるイメージだよね」

「集団演技枠《わく》が欲しいなら、応援《おうえん》合戦でグレートなショーを披露《ひろう》するぜ」

高嶋君、九十九君、厨君の発言に、他の実行委員もうんうんと頷《うなず》き、多数決でマスゲームは廃止された。

「それでは、マスゲームの代わりの種目を何にするかですが……」

「二人羽織はどうじゃ!?」

鼻息荒《あら》くそんな提案をしたのは、莉夢ちゃん。運動会で二人羽織!?

「それは競技として成り立つのですか？」

「うむ、最初は二人三脚《ににんさんきゃく》で走っていき、途中《とちゅう》に二人羽織ポイントを作る。そこでそばを食べるなどして、食べ終わったら手を繋《つな》ぐなりお姫様《ひめさま》抱《だ》っこするなりしてゴールに向かうといった算段じゃ。男女でやるといかがわしいことになるかもしれぬので、ペアは**同性限定**じゃ！」

同性限定、のところだけやけに力を込めて説明したぞ……むしろいかがわしいことしか考えてないでしょ、絶対！

「食品を扱《あつか》うのは衛生的な観点から難しいですね。普通《ふつう》の二人三脚なら既《すで》に存在しますし、あえて要素を加える必要は感じません。――他にはありませんか？」

「はい、コスプレ競走！」

今度は高嶋君だ。

「具体的に何をするんですか？」

「最初は普通の競走で、途中に更衣《こうい》室と衣装《いしょう》が用意されてるんだ。で、そこで急いで変身してからゴールへ向かう！　会場のテンションはガン上がりだぜ！」

「体育祭は見世物《みせもの》ではありません。――他にはありませんか？」

「はい！」

　続いては虎之助君。

「トマト祭り！　どっかの国であるらしいぜ。トマトをひたすらぶつけ合うんだ。参加者はみんな真っ赤に染まって、まるでド派手な抗争《こうそう》で血《ち》達磨《だるま》になったみてえに――」

「却下」

　ヒーロー部、怒濤《どとう》の勢いで玉砕《ぎょくさい》……。

　その後しばらく意見を募《つの》ったのだけど、なかなかピンとくるアイディアは出なかった。

「そちらの一年生は何かありませんか？」

　会議室を見回した朝篠宮会長が、ずっと静かだった右側の長机のグループに話を振る。

　数人の生徒たちが困惑《こんわく》したように顔を見合わせる中、あか抜《ぬ》けた雰囲《ふんい》気《き》のサラサラの茶《ちゃ》髪《ぱつ》の男子生徒が「それじゃあ……」と口を開いた。

「スウェーデンリレーはどうですか？」

「スウェーデンリレー……」

ってなんだろう？

「走者にバトンを繋ぐごとに距離《きょり》が長くなっていくリレーだよね。第一走者が百メートル、第二走者が二百メートル、第三走者が三百メートル、第四走者が四百メートルだったかな」

首を傾《かし》げる生徒たちに説明するように宝塚副会長が補足すると、茶髪の一年生は頷いた。

「はい。オレの中学でやってましたけど、注目度の高い種目でした」

「いいかもしれませんね。他に何かよい案がなければ、こちらで一度決を採りたいと思います」

新種目は賛成多数でスウェーデンリレーに決定した。

「他に何か、変更したい種目などはありますか？」

「はい！」と勢いよく手を挙げたのは野田君。

「玉入れだけど、籠《かご》を移動式にするのはどうだ？」

「移動式……というと？」

「籠を相手のチームの誰かが背負って逃《に》げるんだ。きっと普通の玉入れよりも盛り上がるぞ！」

　おもしろそう、という声があちこちから上がり、これも採用された。

　おお、野田君なのにわりとまともな発想でビックリ……！

「それから、競技についてじゃなく体育祭全体についての提案がもう一つあるんだが……」

「なんですか、野田君？」

「いつも赤組と白組に分かれているが、今年はパワーアップさせて光組と闇《やみ》組に――」

「却下《きゃっか》します」

　うん、いつもの野田君だ。

☆★☆

「野田大和の着眼点は悪くなかった。紅白の概念《がいねん》に囚《とら》われることなく、空族と海族、ヴァイスとシュヴァルツ、せめて朱雀《すざく》隊や白虎《びゃっこ》団などに名称《めいしょう》を変えれば、生徒たちの意欲も高まろうというもの……」

会議の翌日の放課後、校庭で立て看作りの最中、無念そうにそんなことを話す中村君。

「確かに赤白にこだわる意味はないよね。うどんとそば、アナログとデジタル、インスタとツイッター……」

ベニヤ板にボンド水を塗《ぬ》りつつ、九十九君が軽口で応じる。

「派閥《はばつ》に分かれて戦うの？　体育祭ならツイッター派よりインスタ派が強そうだ、なんとなく」

「スーツと和服、学ランとブレザー、夢女子と腐女子《ふじょし》、俺様攻《せめ》と俺様受《うけ》……いかん、これを持ちだしたら血で血を洗う抗争となる……！」

刷毛《はけ》を握《にぎ》りしめて、戦慄《おのの》く莉夢ちゃん……その界隈《かいわい》、そんな物騒《ぶっそう》なの!?

「――それにしても、野田君はともかく厨君まで応援団長になるなんて、意外だったたな。個人主義なイメージだったし、リーダーシップはあっても、自ら進んで集団を率いるタイプには見えなかったから」

遠くから響《ひび》いてくる応援団の練習の声を聞き流しながら、私が言うと、「本当にね」と九十九君が肩《かた》をすくめた。


「いくら負けたのが悔《くや》しかったにしても、以前の二葉じゃあり得なかった。薄々《うすうす》そんな気はしてたけど、あいつ、この一年で変わってきたよ」

「そうなんだ……でも、それを言ったら九十九君も、すごく変わったよね」

「そう？」

「うん。会ったばっかの頃《ころ》は、他人を見下して感じ悪くて、正直何この人って思ったけど――」

「……！」

「あ、あくまで初期の印象ね！」

九十九君がショックも露《あら》わにひくっと頬《ほお》を引きつらせたので、慌《あわ》てて言葉を継《つ》ぐ。

「でも、どんどん優《やさ》しくなってきたっていうか……元々家族とか身近な人には優しかったんだろうけど、その対象が広がってる感じがする。私の体調の変化にすぐ気づいてくれたり、よく周りのこと見てるなって感心するもん」

微笑《ほほえ》みながら告げると、九十九君は目を丸くしてから、ふいっと色づいた顔を背《そむ》けた。

「オレはそんな善人じゃないよ。……別に、誰《だれ》にでもってわけでもないし」

「え、何？」

「な、なんでもない」

ぼそりと付け加えられた声は聞こえづらくて、尋《たず》ね返したけれど焦《あせ》ったように誤魔化《ごまか》される。んん……？


「ぐっ、ぐおおおおお……クソ、抜けない……ゼエゼエ」


うめき声がして振《ふ》り返ると、中村君が材木に挟《はさ》まったノコギリを握って、悪戦苦闘《あくせんくとう》していた。

「これが伝説の剣《エクスカリバー》ならば、俺が触《ふ》れただけで容易《たやす》く抜けるのに……」

「あ～、無理するなよ、危なっかしい。ここはオレの力を貸してやろう……ふんっ、ふぬっふぬぬぬぬ……くうーっ……マジで堅《かた》いなこれ」

「何かしらの呪《のろ》いかのう……？」

「私もやってみていい？　……んっ、んんっ…………ほんとだ、全然動かない」

みんなで奮闘《ふんとう》していたところ、アリスちゃんと景野君が小走りにやってきた。

「申し訳ございません、資材の校内の在庫はこちらに出ている分で全部でしたわ」

先ほど配られた角材の量が足りないみたいだったから、確認《かくにん》してもらっていたのだ。

「すぐに追加を注文しまして、三日後には届くはずなのですが……」

「とりあえず、できるところまででいいから進めておいてくれるかい？」

「うん、わかった」

「わたくしの発注ミスですわ。ごめんなさい……」

「全然問題ないよ」

しょんぼりするアリスちゃんの肩をぽんぽんしていたら、向こうから「すみませ～ん」と数人の生徒が近付いてきた。

「ムカデ競走の練習スペース、今日のこの時間は1-Cが予約してたはずなんですけど、1-Bと1-Fも予約したって言ってて」

「練習は同時に二クラスまででしたよね。お待ちください、ただ今確認しますわ……」

　手にしていたファイルをめくり、紙面に目を走らせていたアリスちゃんの顔色が、サッと蒼《あお》くなる。

「申し訳ございません、ダブルブッキングしていたみたいです」

「えーっ、せっかくメンバーの予定合わせたのに」

「マジか〜」

「どうする？　ジャンケン？」

「……校舎裏にもスペースはあるから、悪いけどジャンケンに負けたクラスはそこで練習してもらえますか？」

　景野君の提案を受けて、ジャンケンで勝敗を決し、離《はな》れていく生徒たち。

　――かと思うと、また別の生徒の呼び声が響いた。

「いたいた、生徒会の人！　入場門のことなんだけど……」

「はい、ただ今参りますわ」

　アリスちゃんたち、忙《いそが》しそうだな。頑張《がんば》って！

☆★☆

体育祭が近づくにつれて、私たちも他人事《ひとごと》ではなくバタバタするようになってきた。

「よし、選手名簿《めいぼ》の入力は完了《かんりょう》！」

作業場となっている会議室のパソコンの前でグッと伸《の》びをしてから、視線を横に向けると、ヒーロー部員三人は机に向かってたくさんの紙に何かを書き込んでいた。

「そっちは何してるの？」

「『仮初《かりそめ》の邂逅《かいこう》』の啓示《けいじ》の作成だ」

眼鏡のブリッジを押さえながら答える中村君。借り人競走のお題作りか。

「なになに、『前世が剣士《けんし》』『マグミル族の末裔《まつえい》』『隻眼《せきがん》』……ってこんなんどう探せと⁉没だよ全没！」

「なん、だと……⁉」

引いた瞬間《しゅんかん》詰むでしょと呆《あき》れつつ、今度は九十九君が書いたっぽい紙束に手を伸ばす。

『同じ部活の人』『AB型』『イニシャルがM』『冬生まれ』……この辺は大丈夫《だいじょうぶ》そうだね」

安心していたら、莉夢ちゃんがハッと息をのんだ。

「九十九零、そなた……さては借り人競走に選手としてエントリーしておるな？」

「だ、だから何？　別にネタバレしてても、勝敗にはさして影響《えいきょう》ないでしょ」

何かやましいことでもあるのか目を泳がせる九十九君に、莉夢ちゃんは頬を紅潮させながら「そうか、そうか」と大きく頷《うなず》いた。

「そんなに厨二葉と走りたいのか……！」

「――ちげーよ!!」

「その作業が一段落したら、もう一度立て看作りの手伝いに行ってもらえますか？　制作が遅《おく》れ気味みたいなので……」

「わかりました」

同室でたくさんの書類に目を通していた朝篠宮会長から指示を受けて、四人で校庭へと向かう。

途中《とちゅう》の中庭を通りかかったところで——

「……あれ、あの子……」

木《こ》陰《かげ》でサラサラの茶髪《ちゃぱつ》の男子が、女子数人に囲まれておしゃべりに興じているのを目撃《もくげき》した。確か一年生の実行委員だよね？

向こうもこちらに気付いた瞬間、気まずそうに首をすくめ、「さて」と明るい調子で立ち上がった。

「休憩《きゅうけい》終わりっと。ごめん、オレもう行かなきゃ」

えー、と残念そうな女子たちを愛想《あいそ》よくいなすと、私たちにも「お疲《つか》れ様です」と会釈《えしゃく》して、颯爽《さっそう》と立ち去る。

「……爽《さわ》やかに挨拶《あいさつ》していったけど、明らかにサボってたね」

「まあ、すぐ仕事に戻《もど》ってくれて良かったよ」

校庭に行くと、厨君と虎之助君が他二人のメンバーとリレーの練習をしているのが目に入った。

「熱心だね」

通りすがりに声を掛《か》けると、厨君が「ああ」と額の汗《あせ》を手でぬぐいながら頷く。

「あっちのリレーは絶対野田が出てくるだろ。個別のタイムじゃ敵《かな》わないが、チームなら……ヴィクトリーをつかむのは俺たちだ」

厨君の目には静かだけど熱い炎《ほのお》が揺《ゆ》らめいていた。

「そうだ中村、騎馬戦《きばせん》の作戦会議したいから、帰りに《SARA》に寄っていこうぜ」

「フッ……了解した」

お気に入りのケーキ屋さんを提案されて微笑《ほほえ》む中村君。

「あっ、いいっスね！　オレも行きたいっス」

「オーケー松丸、おまえにも活躍《かつやく》してもらうからな。それじゃあ、ワンサゲイン！」

練習に戻っていく彼らと別れ、私たちも立て看制作をしている一角へと足を運ぶ。

「よくぞ来てくれました！　全然人足りなくてさ～」

先にいた実行委員から、そんな言葉とともに刷毛《はけ》を渡《わた》された。

立て看にはすでに下絵が描《えが》かれており、私たちは指定された色をひたすらペンキで塗《ぬ》ればいいらしい。

白組は、獰猛《どうもう》な瞳《ひとみ》を光らせる銀色の狼《おおかみ》の絵。

狼の周囲には黒の拘束《こうそく》具っぽい紐《ひも》が弾《はじ》け飛ぶように描写《びょうしゃ》されていた。

「なるほど、フェンリルか……悪くない選択《せんたく》だ。厨二葉の指示に相違《そうい》ない。フェンリルは北欧《ほくおう》神話最強の魔獣《まじゅう》の一角だからな」

「〈神々の黄昏《ラグナロク》〉において、魔紐《まひも》グレイプニルの拘束を解き放ち最高神オーディンを食い殺したという魔狼《まろう》じゃな。邪神《じゃしん》ロキの子だったか……」

「ロキはいいよね。狡猾《こうかつ》で気まぐれなトリックスター……その名の意味は『終わらせる者』

色を塗りながら嬉々《きき》としてそんなおしゃべりをする中村君、莉夢ちゃん、九十九君……

北欧神話、私は全然知らないけど、厨二病患者《ちゅうにびょうかんじゃ》の大好物っぽいのはわかる。

狼の絵の上には、ビシッとスローガンがレタリングされていた。

〈SHOW THE SPIRIT〉

魂《たましい》を見せろ、か。

「このスローガンも絶対二葉が考えたな……」

「うん、それっぽい」

一方の赤組は、火の粉を散らした不死鳥の絵。

こちらも白組同様、美術部と思われる絵心のある人たちが実力を発揮していて、色が付けば勇壮《ゆうそう》で華《はな》やかなものになりそうだったけど、スローガンは何も書かれていなかった。

余白があるから、ここに入るんだろうけど、まだ決まってないのかな？

「――お疲れ！　すげー、カッコよくなりそうだな！」

とりあえず背景は全部終わって、あと一息かな……とずっと屈《かが》んでいた体を起こして吐《と》息《いき》を漏《も》らしたところで、お馴染《なじ》みの明るい声が耳に飛び込んでくる。

見ると野田君が、巨大《きょだい》な筆を抱《かか》えてすぐ傍《そば》まで来ていた。

「野田君、何、その筆？」

「スローガンを書くためのアイテムだ」

「え、赤の文字は野田が書くの？」

目を瞠《みは》った九十九君に、「おう！」とガッツポーズで応《こた》える野田君。

「赤組のみんなに届くよう気合を込めるから、おれに書かせてくれって頼《たの》んだんだ」

「そうだったんだ……でも、筆ってことは、一発勝負？」

「しくじって台無しにするとか、勘弁《かんべん》してくれよ？」

「任せとけ！」


不安になる私たちに頼もしくそう請《う》け合うと、野田君はバケツに黒ペンキを流し込み、巨大筆を突《つ》っ込む。

「おれのモヂカラ見せてやる……一筆奏上！」

そんな謎《なぞ》の掛け声を上げてから、ダイナミックに文字を書き殴《なぐ》った。

〈気炎万丈《きえんばんじょう》！　紅蓮《ぐれん》の誓《ちか》い!!〉

「どうだ!?」

「おお～、迫力《はくりょく》あるね！」

「ふむ……燃え盛る炎の蜃気楼《ミラージュ》が立ち上るかのようだ」

端正《たんせい》ではないけれど、勢いがあって力強い、味のある文字だ。

そういえば去年の体育祭のスローガンも、野田君が書いたって言ってたっけ。

「野田がこんな漢字を知ってるなんて意外だけど」

「智樹と色々調べて考えたんだ」

へへん、と野田君が胸を張った時、「大和ー」と高嶋君の呼び声が響《ひび》いた。

「応援《おうえん》団のメンバー、そろったぞ～」

「わかった、なるべく急ぐ！」

「筆、そのままでいいよ。洗っておくから」

「ありがとうピンク、頼んだ！」

ダーッと駆《か》け出したと思いきや、忘れ物でもしたのか、途中《とちゅう》でくるりとこちらを振《ふ》り返る野田君。

「体育祭、楽しみだなー！」

……なぜ叫《さけ》ぶ……。

響き渡る声と集まる注目に、顔が熱くなるのを感じながらも、ウキウキが溢《あふ》れて輝《かがや》くような彼の笑顔《えがお》に、私の頬《ほお》も自然とほころんだ。

「そうだね」

忙《せわ》しなく去っていく後ろ姿を見送ってから、グッと伸《の》びをして、再び立て看に向き直る。

——さて、もう一頑張《ひとがんば》りしましょうか！

却下します
(にっこり)

第二章 優勝するのはホワッツカラー!?

「おれたちは、正々堂々、全身全霊《ぜんれい》、この熱く滾《たぎ》る命を懸《か》けて――」

「ゴージャスでエキサイティングなパフォーマンスを、ここに誓うぜ！」

どこまでも高く青い空に応援団長二人の選手宣誓《せんせい》が響き渡《わた》ると、わああっと全校生徒の歓声《かんせい》と拍手《はくしゅ》が沸《わ》き起こった。

皆神高校体育祭の開幕だ。

プログラム一番、応援合戦。

ドンドンドンドンドンドン……と大きな太鼓《たいこ》の連打とともに、両応援団が入場する。

今年は、文化祭で使用されていた大型パネルが体育祭でも設置されるという初の試みが為《な》されていた。

画面には「プログラム①応援合戦」という文字が表示された後、校庭に現れた団員たちの姿が近くのカメラからの生中継《なまちゅうけい》で映し出される。おお～、表情とかわかりやすいね！

赤組はみんな黒の学ランに赤いハチマキを身に着け、団長である野田君は加えて赤いタスキと腕章《わんしょう》付き。

なんだかやけにカッコよく見えるのは、いつもの赤白帽《ぼう》を被《かぶ》っていないからだろうか？赤組団長が半分白い帽子を被ってたら微妙《びみょう》だもんね。にしても、新鮮《しんせん》……！

一方白組は白の学ランに白いハチマキで、厨君はそれプラス青いタスキと腕章。

厨君も白ラン、凄《すさ》まじく似合っていて、周囲から黄色い声——どころか興奮しすぎてゴリラみたいになった鼻息交じりの奇声《きせい》すら沸き起こっていた。どーゆーテンション!?

応援団の女子は基本、それぞれの組のカラーを基調にしたチア衣装《いしょう》を着ているけど、中には学ランの子もいる。学ラン女子もいいよね！

あと、虎之助君だけは長ランの前が開いてサラシを巻いた素《す》肌《はだ》が見えて、背中には『絶対優勝白軍無双《むそう》』って文字が書かれていた……趣味《しゅみ》全開だな。

まず白組はしゃがみ込んで、赤組の応援からだ。

「フレーフレー、あ・か・ぐ・み！」

長いハチマキをはためかせた団長の良く通る号令に合わせて、太鼓が打ち鳴らされ、掛《か》け声とともに空手のような型を披露《ひろう》する団員たち。

キレがあってよくそろってて、カッコいい！

「『アイライブ！』で鍛《きた》えたリズム感を見せてやるぜ！」とか言ってた高嶋君も、鮮《あざ》やかなバチさばきを見せていた。

「炎《ほのお》の色は何色だー!?」

野田君の叫びに、赤組の生徒たちが「赤ー！」と声をそろえて叫び返す。

「スパイダーマンは何色だー!?」

「「「赤ー！」」」

「スーパーマンのマントは何色だー!?」

「「「赤ー！」」」

「破裏拳《はりけん》ポリマーは何色だー!?」

「「「赤ー？？？」」」

たぶん特撮《とくさつ》ヒーローなんだろうけど趣味に走りすぎだよ！

野田君は息を吸い込むと、ひときわ大きな声で問いかけた。

「――おまえらの血は、何色だーっ⁉」


「「「「赤ー！」」」」

ニュアンス変わってない？


続いての白組も、見事な演舞《えんぶ》を披露。

七夕祭り以来の虎之助君の太鼓は、相変わらず大迫力だった。

またこちらはチアリーダーが多く、華《はな》やかな印象……厨君が団長だからかな？

転校当初のフィーバーは去ったけど、未《いま》だになんだかんだモテているらしい。情報通の美咲《みさき》ちゃんによると「何はともあれハイスペック！」とのこと。

「ペガサスの色はホワッツカラー⁉」

「「「「白ー！」」」」

「サンダーはホワッツカラー!?」

「「「「白ー！」」」」

「スポットライトはホワッツカラー!?」

「「「「白ー！」」」」

赤や黄もあるけど……。

「ノンスタイル石●はホワッツカラー!?」

「「「「白ー！」」」」

弱そう！　●田さんは大好きだけど！

「富士山《ふじさん》のトップはホワッツカラー!?」

「「「「白ー！」」」」

「——トップが似合うのは、ホワッツカラー!?」

「「「「白ー！」」」」

ここで赤組も再び立ち上がり、野田君が声を張り上げる。

「勝利をつかむのは、何色だー!?」

「「「「赤ー!」」」」

「優勝するのは、何色だー!?
　　　ホワッツカラー!?」

「「「「赤ー!」」」」「「「「白ー!」」」」

「聞こえねーぞ!」

「「「「赤ーー!」」」」「「「「白ーー!」」」」

「もう一回!」

「「「「赤ーーー!」」」」「「「「白ーーー!」」」」

負けじと自分のチームカラーを叫《さけ》び合う生徒たち。

ボルテージが大いに上がったところで、ドドン!　と太鼓が鳴り響《ひび》き、大きな拍手が起こる中、応援《おうえん》団が退場していった。

「――お疲《つか》れ様。一気に盛り上がったね！」

席に戻《もど》ってきた野田君をねぎらうと、「おう！」と親指を立てて返される。

「……あれ、おれの赤白帽は……？」

「え、ここに置いてたの？」

「ああ、団員たちから応援合戦の間は外してくれって言われて……」

キョロキョロとブルーシートを見回す野田君。

私も一緒《いっしょ》に捜《さが》したけれど、この辺りには見当たらなかった。

「ま、いっか。ピンク、見つけたら確保しといてくれ！」

そう言い残すと、野田君はぴゅーっと走っていった。

赤白帽、どこ行っちゃったんだろう？

そういえば、高嶋君も戻ってきてないけど……と思った時。

『いよいよ始まりました、皆神高校第七十七回体育祭！　七十七！　なんだか縁起《えんぎ》のいい数字だし、最高の祭りになる予感！　ちなみに空良ちゃんの誕生日は七月十七日です！』

マイクを通して馴染《なじ》みある声が響き、キラキラしたアイドルソングが流れ出す。

そうか、今年もアナウンス係やるんだ！

高嶋君も大忙《おおいそが》しだな……でも隙《すき》を見て空良ちゃん情報を流すな！

『今年は大型パネルも設置され、熱闘《ねっとう》する選手たちの姿を臨場感アップでお届けします。それではプログラム二番、百メートル走！　恒例《こうれい》のレース直前インタビューをしてみましょう～画面にも是非《ぜひ》ご注目ください！』

大型パネルが中継《ちゅうけい》に切り替《か》わり、スタート地点に並ぶオレンジ系の金髪《きんぱつ》の男子や赤髪《あかがみ》の長身男子の姿が映し出された。

虎之助君、一人でめっちゃ真面目《まじめ》にラジオ体操第二の動作をやってる……。

『準備万全ですね、松丸選手』

『押忍《おす》！　三中《さんちゅう》のスピードスターとはオレのこと。走死《そうし》走愛《そうあい》、走り屋の名にかけて、先輩《せんぱい》でも遠慮《えんりょ》なくぶっちぎるぜ！』

ちょっ、虎之助君、カメラに向かってガン飛ばさないの！

『これは同じヒーロー部の九十九選手への宣戦布告か!?　そうです、勝負の世界に先輩も後輩もありません！　九十九選手からも一言どうぞ』

『おもしろい……五中《ごちゅう》のガゼルと呼ばれていたオレに追いつけるかな？』

今度は顎《あご》を上げた九十九君の全力の悪顔《ワルがお》が映し出される。

さっきから治安悪いな、この放送！

にしても彼の毎度懲《こ》りずに強がれるところは、さりげにメンタル強いと思う。

『バスケ部期待のルーキー、上杉《うえすぎ》選手。意気込みは？』

『都大会ベスト４《フォー》は狙《ねら》いたいですね』

『バスケの意気込みは聞いてねーし！』

爽《さわ》やかにボケるサラサラの茶髪《ちゃぱつ》男子に高嶋君がツッコむと、周囲から笑いが起こるとともに、「上杉、やる気だせー！」と一年生席からヤジが飛んだ。

あ、あの子、実行委員の……。

「え、ヤバ、イケメンじゃね？　あたし好みなんだけど？」

　すぐ横からそんな声がして振《ふ》り向くと、クラスでも華《はな》やかで目立つ女子グループのリーダーである神尾《かみお》樹愛流《じゅえる》さんが、長い睫毛《まつげ》を瞬《またた》かせながら友達の肩《かた》を揺《ゆ》すっていた。

「あはは、樹愛流、節操なさすぎー！」

「さっきは厨二葉神《かみ》っつってたじゃん」

「うっせー。誰《だれ》か知らない？　一年？」

「そーそー、上杉彗《けい》。一年で一番モテるらしい。期末はクラス一位だったって」

　そう答えたのは、神尾さんと同じ四人グループの一人、河村《かわむら》璃星《あきほ》さん。明るめの艶《つや》やかな髪に赤いリボンを編み込んだ体育祭アレンジが、すごく可愛《かわい》い。

「え、アキ、詳《くわ》しいし」

「年下好みだったんだ？」

「違《ちが》うって。あたしは宝塚先輩推《お》しだし！　上杉は同中だったの」

「マジで？　紹介《しょうかい》してよ」

「ムリムリ、顔知ってるだけだし。それにあいつ、チャラそーだよ～」

　そんな会話を聞くともなしに聞いているうちに、パアン、とピストルの音がして、レースが始まった。

飛び出したのは虎之助君。これは速い！　続いて上杉君、九十九君、そして見覚えはあるけど名前が思い出せない男子……あ、モブ4《フォー》の田中《たなか》君？

「彗くーん」と響く女子の声援《せいえん》。本当に人気あるんだな。

野田君と厨君も応援団を率いて、選手たちへエールを送る。

『熾烈《しれつ》なトップ争い！　先にゴールテープを切ったのは――虎《とら》、じゃない松丸選手ー！』

やったー、すごいすごい！

虎之助君はイメージ通り、スポーツ得意みたい。九十九君もうん、いつも通り……。

「いけいけ赤組ー！」

「白、負けるなー！」

「キャー、芳佳様ー」

「厨先輩いいいいフンガフンガ」

「イケメン爆《は》ぜろイケメン禿《は》げろイケメン滅《ほろ》びろ……」

飛び交《か》う応援と歓声《かんせい》、時には怨嗟《えんさ》のぼやきを聞きながら、競技係の仕事に向かう。

非モテ同盟『ルサンチメン』は今年も健在なんだな……。


『続いては、パン食い競走です』

私は莉夢ちゃんとテープを持つ係として、ゴール地点で待機していた。

あ、次は野田君の出番だ。

スタートの合図と同時に弾丸《だんがん》のように飛び出した野田君は、あっという間にパンのところに到着《とうちゃく》し、右の拳《こぶし》を突《つ》き上げてジャンプする。

「シュワッチ！」

ひとっ飛びでパンを紐《ひも》から食いちぎると、勢いそのままにダッシュ。

うーん、速いなあと感心していた次の瞬間《しゅんかん》。

野田君の体がバランスを崩《くず》した。

え……!?

転んだ、と息をのんだ刹那《せつな》、野田君はとっさに地面に両手をついて、そのまま鮮《あざ》やかに前方倒立《とうりつ》回転してシュタッと着地するや、何事もなかったかのように走り出す。校庭にどよめきが沸《わ》き起こる中、一位でゴールした。

「何、今の……？」

「転びかけた！　いや〜ヒヤッとしたぜ」

自分でもビックリした様子で目をパチパチさせながら、去っていく野田君。軽業《かるわざ》師か！

でも怪我《けが》がなくてよかった、と胸を撫《な》で下ろしながら手放したゴールテープを拾って、元の場所にしゃがみ込んだところで――

「野田先輩、カッコいい！」

「ヤバいよね〜。彼女いるのかな？」

不意にそんな女子たちの声が耳に入って、仰天《ぎょうてん》した。

野田君が、モテてる……⁉

……そっか、今日は赤白帽《ぼう》がないし、団長だし。

さっきから大活躍《だいかつやく》だから、普段《ふだん》の言動を知らない下級生からしたら輝《かがや》いて見えるかもね

……でも彼女って、いるわけないでしょ、野田君だよ!?

とはいえこれをきっかけに告白とかされちゃったりして……そしたら、どうするんだろ

――

「シスター・瑞姫、テープ！　次が来るぞ！」

莉夢ちゃんに呼ばれてハッと我に返ると、いつの間にかゴールテープを下に落としていた。動揺《どうよう》しすぎでしょ、私！

そんなに彼がモテるのが意外だったたか。失礼な話だな……ごめん、野田君。

心の中で謝りながら、テープをぎゅっと握《にぎ》り締《し》めた。

☆★☆

日が高くなるにつれ、気温はどんどん上昇《じょうしょう》して、夏みたいな暑さになってきた。

強い日光に、肌《はだ》が焼けないといいなあと祈《いの》りながら、二人三脚《ににんさんきゃく》のスタート地点に向かう。

「まず真ん中の足から、1，2，1，2……ですわね？」

「うん、ちょっと走ってみよっか、移動はなしで」

ペアのアリスちゃんと息をそろえてその場駆《か》け足をしていたら、隣《となり》から落ち着いた美声に話しかけられた。

「あら、貴方《あなた》たちが相手なんですね」

「可愛い後輩《こうはい》が相手でも、手加減はしないよ」

朝篠宮会長と、宝塚副会長！　ジャージ姿でも青空をバックにキラキラと輝いて見える麗《うるわ》しさだ。これは強敵の予感。

「ちょっとアキ、紐きつすぎなんだけど？」

「え、ほんと？　ゴメン。でもあんまり緩《ゆる》いとほどけるし……こんな感じでどう、樹愛流？」

あ、神尾さんと河村さんもいる。神尾さんたちも強そうだな……。

「位置について、用意――」

パアン、と音が弾《はじ》け、アリスちゃんと肩を組んで「1，2，1，2……」と足を運ぶ。

鳴り響《ひび》く「天国と地《じ》獄《ごく》」のＢＧＭ。応援《おうえん》団の声援と、生徒たちの騒《さわ》ぎ声。

わわ、会長たち速い！　息ピッタリで軽《かろ》やかにトップに躍《おど》り出る。

私たちも負けていられない——と思った時、ドンと体に衝撃《しょうげき》を受けて、足がもつれた。

「きゃあっ」

「痛っ……」

転倒《てんとう》した私たちの横を神尾さんと河村さんが駆け抜《ぬ》けていく。

追い抜かれざま、接触《せっしょく》してしまったっぽい。

「ごめん、アリスちゃん、立てる？」

「ええ。瑞姫ちゃんこそ……」

「大丈夫《だいじょうぶ》。せーので起きよう。せーの！」

呼吸を合わせて立ち上がり、「1, 2, 1, 2……」と呟《つぶや》きながらなんとかゴールした。

結果は、一位が朝篠宮会長ペア、二位が神尾さんペアで、私たちはビリ。残念。

「瑞姫ちゃん、ひじから血が……大丈夫ですか!?」

「平気、ただの擦《す》り傷だよ。消毒してもらってくるね」

救護コーナーに行くと、テントの下のブルーシートには中村君が横たわっていた。

「えっ、どうしたの。大丈夫？」

「紫《むらさき》の悪魔《あくま》……パープル・ヘイズに神経系の麻痺《まひ》毒を食《く》らったらしい。血清を摂取《せっしゅ》したため、じきに復活するはずだ……」

首筋を氷のうで冷やしながら語る中村君。

「中村君、熱中症《ねっちゅうしょう》になっちゃったみたい。今日は日差しが強いもんね」

傍《そば》にいた、ふわふわした長い髪《かみ》の美少女・菜々子《ななこ》ちゃんが説明してくれる。

「なるほど、紫の悪魔って紫外線《しがいせん》か……」

「聖瑞姫は戦闘《せんとう》で前腕《ぜんわん》部を負傷したのか。ロザリーに〈癒しの子守歌《ヒーリング・ララバイ》〉を施《ほどこ》してもらうがいい」

「ひじ、痛そうだね。傷口は洗った？」

「洗ってきた。消毒してもらえる？」

『救護係』の腕章《わんしょう》をつけた菜々子ちゃんにバンソーコを貼ってもらっていたら、「聖ちゃん」と河村さんが近づいてきた。

「ごめん、あたしたち、ぶつかっちゃって……大丈夫？」

「うん、ちょっと擦っただけだし、気にしないで」

私の言葉に、河村さんはホッとしたように表情を緩める。

「よかった〜。この後の出番にも影響《えいきょう》とかなさそう？」

「うん、全然。——河村さんはこの後、何か出るの？」

「玉入れに出るよ〜。聖ちゃんは？」

「私も玉入れと部活対抗《たいこう》リレーと……あ、ムカデ競走で係やるから、そろそろ行かなきゃ」

「そっか、聖ちゃん、実行委員やってるんだっけ。頑張《がんば》ってね」

「ありがとう。菜々子ちゃんも、治療《ちりょう》ありがとう！」

「うん。いってらっしゃ〜い」

二人にバイバイして、その場を立ち去った。

河村さん、今まであんまり話したことなかったけど、いい人そうだな。


午前中の競技が全《すべ》て終わった時点で、得点は白がやや優勢。

「なあ大和。お前、もしかして熱とかないか？」

校庭に敷《し》いたシートの上に部員みんなでお弁当を広げながら、心配そうに眉《まゆ》を寄せる高嶋君に、野田君はキョトンと大きな目を見開く。

「別に、いつも通りだぞ」

「ならいいけど……なんか違和感《いわかん》があるっつーか、大和が何もないところで転びかけるなんて、珍《めずら》しいから」

確かにさっきはドキッとしたな。その後のリカバリーっぷりにも驚《おどろ》いたけど。

「本当になんともないんだな、野田？」

「ああ。おれはいたって元気ハツラツ！　だぜ」

大きな口でおにぎりを頬張《ほおば》り、もぐもぐゴックンする野田君に、厨君は安心したようにフッと破顔した。

「そいつは何よりだ。バッドコンディションのお前に勝ったって、意味がないからな」

「勝つのはおれたち、赤組だ。午後で逆転して、絶対優勝してやるぜ！」

バチバチ火花を飛ばし合う二人。

気温だけでなく、勝負熱もヒートアップしていくようだ。

☆★☆

午後の部も、応援合戦からスタート。

まずは白組が、壮大《そうだい》で勇ましい音楽に合わせてダンスを披露《ひろう》する。

某仲良し姉妹の映画の続編のテーマ曲。

統制が取れた華《はな》やかなダンスに感心していたら、サビのところから厨君がマイクの大音量で絶唱し始めて、一気に周囲が極寒《ごっかん》に変わった。

氷魔法《まほう》さながらの凍《こお》り付きっぷりはある意味すごい臨場感だけど……。

白組団員たちは虚無《きょむ》の表情。おそらくいくら止めても無駄《むだ》だったのだろう。

オオーウオオーウ……と流れるバックコーラスが、全校生徒の嘆《なげ》きに聞こえた。

やがて雪に見立てたような白いポンポンをもって踊っていたチアリーダーたちが、一か所に集まっていく。

「勝利の女神《めがみ》は、俺たち白の味方だぜ！」

厨君が指パッチンをすると同時に、バッと散ったポンポンの中から水色のドレスを着た美しい雪の女王が登場し、おお～っと沸《わ》き立つ生徒たち。

あの女王役、中村君⁉　応援団じゃないのに、友情出演か……。

大画面に映し出された麗《うるわ》しい女装姿に、男女ともテンションを急回復する中、

「白の子らに――光あれ！」

人差し指で天をさして響き渡《わた》った低音とともに、団員たちが無数の銀テープを放ち、更《さら》に大きな歓声《かんせい》が上がった。

一方の赤組は、高嶋君の陣頭《じんとう》指揮で「アイライブ！」の音楽に合わせて、赤いポンポンを持った団員たちが全力のオタ芸をする完全なお笑い路線。

「フウ～フワッフワッフワッフワッ」と怪《あや》しい掛《か》け声とともに真剣《しんけん》そのものの顔つきでキレのありすぎる振《ふ》りを見せつけ、爆笑《ばくしょう》が巻き起こる。

ちなみにパネルに流れているのはアニメ「アイライブ！」のライブ映像……これ、ただの応援《おうえん》上映会になってない⁉　何を応援してるんだよ⁉

――からのメドレーで次に流れ出したのは、ニコ動でお馴染《なじ》みの弾幕《だんまく》ソング「真●な誓《ちか》

い」。また懐《なつ》かしいな！

団員の熱気あふれるダンスと替《か》え歌にみんなで手拍子《てびょうし》をして、サビは赤組全員で絶叫《ぜっきょう》。

頬を紅潮させた野田君が、大声を張り上げる。

「最後に笑うのは、おれたち赤組だーー！」

「「「おおおおおおお！」」」


……と赤白の対立が大いに盛り上がったところではあるけれど、次の種目は得点には関係ない部活対抗リレー。

「一時休戦、みんなで団結して、ヒーロー部の実力を見せてやろうぜ！」

野田君の呼びかけに「押忍《おす》！」と威勢《いせい》よくガッツポーズをする虎之助君。

残りのメンバーは「お〜」と緩《ゆる》く応じる。

運動部がそれぞれのユニフォームを着用し、ボールやラケットなど部活にまつわるものをバトンにしてリレーするこの種目。

ヒーロー部は運動部なのか文化部なのかよくわからないけど、野田君のたっての希望で参加することになっていた。

「ヒーロースーツを用意できなかったのは無念だが……！」

「いらないいらない」

くっ……と唇《くちびる》をかむ野田君に首を振る部員たちは、普段着《ふだんぎ》姿。これが活動着だからね。

ちなみにバトンを何にするかっていうのは色んな意見が出て、途中《とちゅう》までは高嶋君のキングブレード（高機能ペンライト）が形もちょうどいいし有力候補だったんだけど、まさかのベンジャミンになった。

決定打は九十九君が呟《つぶや》いた「あ、ベンジャミン・バトン……」って一言。

そういえばそんなタイトルの映画があったなって盛り上がって……結局ダジャレである。

走る順番は、元ネタのだんだん若返るというあらすじにちなんで、誕生日が早い順にすることにした。

「位置について。用意——」

弾《はじ》ける銃声《じゅうせい》と同時に駆《か》け出す第一走者たち。

ヒーロー部のトップバッターは高嶋君だ。

部活ごとに装備の有利不利があるものの、サッカー部に続いて六人中二位という好順位！

「――九十九！」

「ぶにゃ～ご」

「うわ、暴れるな、ベンジャミン！」

二番手の九十九君もベンジャミンをなだめながら懸命《けんめい》に走って、なんとか一位をキープ。

いい感じ！　次は――

「中村！」

「来るのだ、ケット・シー」

バトンを受け取れるテイクオーバーゾーンの一番奥、ギリギリ端《はじ》っこでベンジャミンを渡されるや、キリッとした眼差《まなざ》しで走り出す中村君。

だけど、ああ～……水泳部、テニス部、陸上部、剣道《けんどう》部に次々と抜《ぬ》かれてあっという間に最下位転落。

なお、各部のバトンはサッカーボール、ビート板、ラケット、砲丸《ほうがん》、竹刀《しない》である。剣道部は防具もつけてるから、ハンデがすごい。陸上部も重そうだ。

「くっ……ギルディバランが……かつてなく暴走を……ゼエゼエ」

「中村君、あと少しだよ、頑張《がんば》って！」

「聖、瑞姫……ゼエゼエ、この聖獣《せいじゅう》を……お前に託《たく》……ゲホゲホッ」

校庭半周しただけでバテバテの中村君から三毛猫《みけねこ》を受け取って、私もダッシュする。

うわ、ベンジャミン重いよ～。

全力で走るけど、前の走者との距離《きょり》は縮まらないどころか広がってるかも。

もともとスポーツは得意じゃない上、他《ほか》の運動部は男子ばっかりだしな～、きつい！

ハアハアと乱れる呼吸、ドッドッと暴れる心臓、後ろに流れていく景色。

ほどなくして、テイクオーバーゾーンの一番手前に待機するすらりとした男子の姿が見えてくる。

「――ごめん、厨君！」

「ドンウォーリー！」

息を切らしながらベンジャミンを差し出すと、頼《たの》もしい言葉とともにサッと引き継《つ》がれた。目の前の背中がみるみる遠ざかる。

厨君はグングンと風を切ってスピードを増し、剣道部、そして陸上部をも追い抜いた。

すごいすごい、ごぼう抜き！　そして次はあの人――

「野田、頼むぞ！」

「任せとけ！」

バビューンと猛《もう》スピードで飛び出した野田君は、次々に前方の選手を抜き去ると、あっという間に二番手まで躍《おど》り出る。

さすが野田君、べらぼうに速い！

いよいよ一位まであと一歩、というところで次の走者は――

「莉々夢！」

「うむ、大儀《たいぎ》である」

優雅《ゆうが》に頷《うなず》いてベンジャミンを腕《うで》に抱《だ》いた莉夢ちゃんは――フリルとレースがふんだんに装飾《そうしょく》された黒のゴスロリドレス姿だった。ちーん。

しゃなりしゃなりと移動する彼女の横を、ドドドドド……と選手たちが駆け抜けていく。

「こら木下、もうちょっと活入れて走りやがれ！」

「やかましいのう……妾《わらわ》は汗《あせ》をかくのが嫌《きら》いなのじゃ」

莉夢ちゃんがようやくアンカーの虎之助君のところに到着《とうちゃく》する頃《ころ》には、すでに他の選手は全員ゴールし終わっていた。

「——くっ、すまない……おれがもっとリードできていれば……！」

野田君はひざまずいて、悔《くや》しそうに地面を叩《たた》いたけれど……。

「いや、どうしたってビリでしょ」

「ドレスだからな……」

「そもそも本気で勝つつもりなら、ベンジャミンもないよな」

他の部員たちは軒並《のきな》みしらっとした様子で、肩《かた》をすくめたのだった。

みんなジャージに着《き》替《が》え直して、続いての種目は障害物＋借り人競走。

あ、高嶋君が走ってる〜、と応援《おうえん》席で見物していたら、お題を拾ってからキョロキョロしていた彼が、私と目が合うなりこっちへ直行してきた。

「聖！　来てくれ、お前しかいない！」

グイッと手を引かれて、ゴールへと連れていかれる。

え、何、『女友達』？　『「アイライブ！」が歌える女子』とか⁉


ゴールで見せられたお題は『理系女子』。

「別に私しかってわけでもなくない？」

「手を握《にぎ》っても大丈夫《だいじょうぶ》な女子がいないんだよ……」

そっちか！


「聖瑞姫！」

席に帰る途中《とちゅう》で、今度は中村君の指名を受ける。

「お前は確か磨羯宮《カプリコーン》の守護の下《もと》に生誕した宿命だったな。ともに来い！」

なんのこっちゃと思いつつ、再びグラウンドを半周する。

お題は『やぎ座』だった。

「ハアハア……お前のおかげで試練を突破《とっぱ》、ハア、できたぞ……礼を言おう、ふーふー」

「どういたしまして……ハアハア」

中村君とだからそんなにスピードが出てるわけでもなかったんだけど、さっきから走ってばっかりだから息が上がった。


「聖さん！」

応援席に戻《もど》って一息つかないうちに、またまた名前を呼ばれて顔を上げると、なんと今度は宝塚副会長。

「『園芸部』ってお題なんだけど、一緒《いっしょ》に来てもらえる？」

お、おう……。

「はい」と頷きながらも私がためらったのに気づいたのだろう、宝塚副会長はふっと悪戯《いたずら》っぽい笑顔《えがお》を閃《ひらめ》かせると、近くに来た私をひょいっと横抱きにした。えええええ!?

「ふっ副会長!?」

「お疲《つか》れみたいだから、こうやって運ぶね。——君は私に全《すべ》てを委《ゆだ》ねていればいい」

艶《つや》のある中性的なボイスで囁《ささや》くと、私をお姫様抱っこしたまま、グラウンドを駆《か》けていく。

キャアアアアアと周囲から巻き起こる歓声《かんせい》と悲鳴。

なんだこの少女漫画《まんが》みたいなシチュエーション……！

どこまでイケメンなんですか副会長！　惚《ほ》れてまうやろー!?

だが女だ。

「引っ張りだこではないか、シスター・瑞姫」

無事ゴールした後、ぽ～っと夢見心地《ごこち》で歩いていたら、莉夢ちゃんに遭遇《そうぐう》した。

「うん、こんなに条件が一致《いっち》しまくるって、すごい偶然《ぐうぜん》だよね……」

「……そうじゃのう」

莉夢ちゃんはふふっと含《ふく》み笑いをすると、グラウンドに視線を向ける。

「おや、また誰《だれ》ぞがこちらにやってくるようじゃぞ？」

えっと振《ふ》り向くと、九十九君が一直線に突進《とっしん》してきていた。

まさか、また……!?

「――木下！　これ書いたの絶対おまえだろ！」

まなじりを吊《つ》り上げた九十九君が見せた紙には、『抱かれたい男』と書かれていた。

「流石《さすが》じゃ九十九零、これを引き当てるとは！　さあさあ、本能の赴《おもむ》くままに、思い浮《う》かんだ男のところへ向かうのじゃ。グフフフ……」

「ふざけんな！　ノーゲームだこんなの！」


ふとグラウンドに目を向けると、厨君が「ナンセンス！」と毒づきながら中村君をおんぶして猛ダッシュしていた。

なるほど一緒に走るより速そうだけど……厨君もなりふり構わなくなってるな。

ゴールで明かされたお題は『学年首席』だった。

☆★☆

打ち鳴らされる和太鼓《わだいこ》と、響《ひび》き渡《わた》る法螺貝《ほらがい》の音色。

いよいよ本日の目玉競技、騎馬戦《きばせん》だ。

全校男子生徒が出場し、体育祭でも屈指《くっし》の盛り上がりを見せるこの種目は、得点配分も大きく、赤白の勝敗を占《うらな》う重要な一戦といえた。

まずは二年生のみが参加する個人戦。

四人一組の男子たちが、一騎対一騎でハチマキを奪《うば》い合っていったのだが――

『勝者、赤！』『勝者、白！』『勝者、白！』『勝者、赤！』『勝者、白！』『勝者、赤！』

まさに一進一退の攻防《こうぼう》を繰《く》り広げ、その勝負は完全に互角《ごかく》。

校庭が熱気と喝采《かっさい》に包まれる中、ついに決戦は大将――両応援団長の騎馬に委ねられることになった。

「行くぞみんな！」

「「「おう！」」」

野田君の馬は高嶋君、九十九君、景野君という、気心の知れたメンバーだ。

一方の厨君は……

「ぶちのめすぞ！」

「「おおー！」」

……なんかデカい!!

「ラグビー部員で固めたようですわね……」

ゴクリとつばを飲み込むアリスちゃんの説明に、そうきたかと舌を巻いた。

馬になっているのは高校生離《ばな》れした堂々たる肉体を有する、見るからに屈強《くっきょう》な男子ばかりだ。厨君、何が何でも勝ちを取る気で来てる……！

「はじめ！」の合図が出ると当時に、マッチョな男子たちが怒濤《どとう》の勢いで飛び出した。

「「うおおおおおおお」」

「ひるむな！」

野田君の言葉に高嶋君たちも真っ向から応戦するが、厨君がつかみかかった両手を野田君が受けた刹那《せつな》、敵の勢いに押されたのかグラリと騎馬が揺《ゆ》れる。

「！」

咄嗟《とっさ》に踏《ふ》ん張り倒壊《とうかい》は防ぐが、野田君の気がそれたその一瞬《いっしゅん》に、勝負が決まった。

厨君が高々と掲《かか》げた赤いハチマキ。

『勝者、白！』という先生の声。

野田君が、負けた……！　しかも、こんなに電光石火で。

「悪いな、おまえら。こっちはワンチームだ！」

悔《くや》しそうに顔をしかめる野田君たちに、厨君は頬《ほお》を紅潮させ、びしりと言い放った。

「――まだまだ！　団体戦で雪辱《せつじょく》を果たすぞ！」

「「「おお～」」」

「ナンセンス！　白組がパーフェクト・ヴィクトリーだ！」

「「「おお～」」」

両軍から地鳴りのような雄叫《おたけ》びが上がり、再び法螺貝がぶお～っと鳴り響いた。

全学年入り乱れる団体戦は、大将がハチマキを取られた時点で勝負が決まる。

故《ゆえ》に厨君は、一番奥に移動して、完全防衛の構え。野田君も安易に突《つ》っ込むことはせず、攻守どちらにも回れる自軍の中ほどに位置を取り、まずは戦況《せんきょう》をみることにしたようだ。

そんな中、積極的に戦場に飛び出して暴れ回る白の一騎があった。

「特攻隊長・松丸虎之助、参る！」

好戦的な笑《え》みとともに突っ込んでいった虎之助君は、一切防御《いっさいぼうぎょ》を顧《かえり》みない強気な攻《せ》めで敵に挑《いど》みかかり、破竹の勢いでハチマキを奪っていく。

「松丸の奴《やつ》、やるじゃないか」

「このままじゃ戦力が削《けず》られる一方だな……大和」

「ああ。——おれが出る！」

野田君が前線に飛び出すや、一気に味方が活気づいた。

「赤はおれに続けー！」

向かってきた白の騎馬を瞬《またた》く間に撃破《げきは》して、野田君が吠《ほ》えるや、「うお〜」と仲間たちから鬨《とき》の声が上がり、敵陣《てきじん》からは悲鳴が上がった。

「野田だ、野田が出たー！」

「まだ野田とは戦うな！　一度引けー！」

　さっきまでは白が優勢だったのに、戦況は一変。

　潮が引くように後方に下がっていく白の騎馬隊の中、途中《とちゅう》までは引き返しながらもくるりとまた向き直り、野田君を迎《むか》え撃《う》ったのはオレンジ系金髪《きんぱつ》の一年生。

「兄貴、オレはずっと、あんたと戦ってみたかった！」

「いい覚悟《かくご》だ、虎之助。いざ尋常《じんじょう》に、勝負！」

　つかみかかっては払《はら》いのけ、手を伸《の》ばしては身をかわし……激しい攻防の末、ハチマキを奪い取ったのは、野田君だった。

「畜生《ちくしょう》……！」

「虎之助、おまえはまだまだ強くなる――」

　強敵を討《う》ち取って、更《さら》に沸《わ》き立つ赤組。

「よし、このまま大将を討ち取るぞ！」

「大和は正面からなら絶対負けねえ！　横と背後を守れ！」

「全軍突撃《とつげき》ー！」

勢いにのった赤の騎馬隊は、野田君を筆頭にまるで海を割ったモーセのように、及《およ》び腰《ごし》になった白組の陣形をえぐっていき、とうとう最奥《さいおう》部までたどり着いた。

「大将自ら前線に立ち、チームを率いて攻勢《アタック》に出る偃月《えんげつ》の陣……」

守ろうとする味方の騎馬《きば》を引かせて、進み出る厨君ｗｉｔｈラグビー部隊。

「大将が討ち死にするリスクが高いゆえ常識外れだが、大将が圧倒《あっとう》的に強い場合は士気がアップしてチーム全体の攻撃力が跳《は》ね上がる。お前にはピッタリの陣形だな、野田」

「知らん！　だがお前を倒《たお》せるのはおれたちだけだと思ったからな。今度は——勝つ！」

再び、大将同士の一騎打ち。

今回は野田君たちも敵のパワーを織り込み済みなためか、衝撃《しょうげき》を受けても揺らぐことなくむしろガンガン攻めていく。

厨君たちの方は防戦一方となり、着実に野田君たちが追い詰《つ》めていた。

——その二騎だけを見れば、だけど。

「鶴翼《かくよく》の陣だ！」

野田君たちが交戦に入るや、陣営の隅《すみ》に潜《ひそ》んでいた中村君の号令が響《ひび》いた。

同時に赤の突撃によって真っ二つに割れたようにみえた白の騎馬隊が、素早《すばや》く縦に伸びて赤の騎馬隊を左右から挟《はさ》み撃ちにしていく。

「野田、お前は強い。だが、これは団体戦だ！」

「何……!?」

野田君が眉《まゆ》をひそめた次の瞬間、背後から伸びた手が、彼のハチマキをかすめ取った。

「チェックメイト」

「——ブラック!?　なんで……」

振《ふ》り向いた野田君は、目の前の光景に言葉を失う。

彼の背後に控《ひか》えていたはずの味方は、ほぼ殲滅《せんめつ》されていたのだ。

「真正面からおまえを討つことは難しい以上、ハチマキを奪《うば》うためには背後を守る騎馬を排除《はいじょ》する必要があった。そして、松丸虎之助が暴れていれば、おまえは必ず偃月の陣で来ると思っていた……」

眼鏡を逆光させながら、滔々《とうとう》と語る中村君。

「松丸虎之助は囮《デコイ》……おまえたちは、ここまで誘導《ゆうどう》されたのだ」

☆★☆

「ああ〜クソクソクソクソクソ〜！」

応援《おうえん》席に戻《もど》ってきた野田君は、頭を掻《か》きむしって身悶《みもだ》えしていた。

完敗してしまって、そうとう悔しかったようだ。

「――だが、まだ勝負は終わってない！　最後に勝つのは赤組だ!!」

うん、今年は種目順も変わって、騎馬戦がラストじゃなくなったんだよね。

「オレは薄々《うすうす》、罠《わな》の予感はしてたけどね」

「……やっぱ大和の奴、なんかおかしいんだよな……」

知ったかぶりをする九十九君をスルーして、そう呟《つぶや》いたのは高嶋君。

「野田がおかしいのはいつものことでしょ」

「いや、そーいうんじゃなくて……いつもの大和なら、あの個人戦、いくら力負けしても、とっさに持ち直して対応したと思うんだよ。あんなあっさり負けるはずがない」

へえ……野田君のことをよく理解してる高嶋君が言うなら、そうなのかな？

「でも、体調悪いとかではなさそうだよね？」

「ああ、元気っちゃ元気なんだけど……」

千メートル走が始まったグラウンドに向かって「頑張《がんば》れ、赤ー！」と声を張り上げる幼《おさな》馴染《なじみ》を見ながら、高嶋君は不可解そうに首をひねる。

野田君が、いつもと違《ちが》う、理由……？

瞬間《しゅんかん》、ハッと一つの考えが頭に閃《ひらめ》く。

「ねえ、もしかして――」

私の意見に、高嶋君は「それかも！」と指を鳴らし、すぐさまスマホでどこかに電話をかけた。

「もしもし？　大至急、頼《たの》みたいことがあるんだけど――」


最後から二番目の種目、移動式玉入れ。

相手チームの籠《かご》を背負って逃《に》げる係は、それぞれの副団長がやるらしい。

普《ふ》通《つう》の玉入れと違って、赤と白が入り交じって、グラウンドを走り回る敵将が背負った籠に玉を投げ入れるので大混戦だ。

「どこ行った⁉」

「投げろ投げろ！」

「――うりゃあ、ガトリング・ファイヤー！」

すごい勢いで腕《うで》を回転させ、次々に赤い玉を投げつける野田君。

私も籠を背負った虎之助君を狙《ねら》って投げるけど、すばしっこくてなかなか入らない。

でも今日は虎之助君以上に、高嶋君の俊敏《しゅんびん》さに目を見張った。

「秘奥義《ひおうぎ》――銀世界《イノセント・ワールド》！」

「見切った！」

莉夢ちゃんが放《ほう》り投げた大量の白の玉も、カッと目を見開いて全《すべ》てよけきる高嶋君。

「ククッ、今日この種目に限って言えば……」

ドヤ顔で九十九君が言い放つ。

「生憎《あいにく》、高嶋のスピードは宇宙一でな」

――『オレにも策があるんだよね』

開始直前、そう言って九十九君が高嶋君の籠に貼《は》り付けたのは、空良ちゃんのポスターだった。

『ここ、これは……「アイライブ！」総選挙の優勝記念にキャラデザ担当の神アニメーター浦松《うらまつ》さんが描《か》き下ろした、世界に五枚しかないスーパープレミアポスター！　おまえ、どうしてこれを……⁉』

『美琴《みこと》が当てたのを借りてきた』

『マジか！　美琴ちゃん、鬼強《おにつよ》だな‼』

『――空良ちゃんを弾丸《だんがん》にさらしたくなければ、最後まで逃げ切ることだ』

『!?　そんな……こんな人質《ひとじち》みたいな真似《まね》しなくても……！』

顔色を変えた高嶋君に、九十九君はニヤリと悪そうな笑《え》みを浮《う》かべて告げた。

『この種目を落としたら、まず間違いなく赤組の総合敗北は確定だ。だが、おまえが彼女を守り抜《ぬ》きさえすれば、望みは残る……ウィンウィンの関係ってやつさ』

……果たしてそれはウィンウィンと言えるのか不明だったけど、とりあえず高嶋君は本来以上の力を発揮しているので、作戦としては間違っていないのだろう。

「愛する空良ちゃんを、傷つけてたまるかあああああ！」

そんなこんなで、見事赤の勝利となった。

相変わらず、空良ちゃんが絡《から》むととんでもないパワーを発揮するな、この人……。

そしてとうとう体育祭の最後の種目、スウェーデンリレーがやってきた。

後ろの走者ほど距離《きょり》が長くなり、第一走者が校庭半周、第二走者が一周、第三走者が一周半、第四走者になると二周も走るらしい……個人的には絶対出たくない競技だ。

得点表は少し前から隠《かく》されているが、かなりの接戦であると予想される。

まずは女子のリレーが行われ、朝篠宮会長と宝塚副会長を擁《よう》する青チームが逆転勝利を果たした。女子の順位は青、赤、白、黄。

なお、この四色はゼッケンの色で、赤組が赤と黄、白組が白と青である。

『さあ、大トリの男子リレーだ。勝つのは赤か白か黄か青か!? 各チームのトップバッターがスタート地点に並び立つ! 赤はサッカー部部長・青山《あおやま》、赤なのに青山とはこれいかに!? 白は白組副団長・松丸、〈特攻《とっこう》の虎《とら》〉はここでも一旗あげられるか!? 黄はバスケ部部長・高梨《たかなし》、漢字は違えど空良ちゃんと同じ名字で猛烈《もうれつ》に羨《うらや》ましい! 青は水泳部エース・佐藤《さとう》、チャームポイントは坊主頭《ぼうずあたま》……いずれも俊足自《しゅんそくじ》慢《まん》の韋駄天《いだてん》ぞろいだー!』

高嶋君のアナウンスにも熱がこもる。

……でも、まだアレが届いてないんだよね……早くしないと、終わっちゃうよ……。

「位置について。用意――」

パアン、と響《ひび》く銃声《じゅうせい》。真剣《しんけん》な眼差《まなざ》しで飛び出す選手たち。

みんな速くてほとんど差はないけれど、その中でも最初に第二走者にバトンを繋《つな》ぐのは――虎之助君！　すごい、今日は大活躍《だいかつやく》だな。

続いて赤、と思いきやバトンを落としてしまった！　転がったバトンを慌《あわ》てて拾い上げ、白、黄、青の背を懸命《けんめい》に追いかける。


第二走者、黄が白を抜いてトップに立ち、大きな歓声《かんせい》と悲鳴が上がる。

って赤が転んだー！

すぐに立ち上がってまた走り出したけど、前三人に大きく後《おく》れをとってしまう。

第三走者では順位は変わらないまま、各チーム間の差が開いていった。

ただいま黄、白、青、大分遅《おく》れて赤……頑張れー！

『黄のバトンは早くも第四走者、陸上部部長・小池《こいけ》へと渡《わた》されました。少し遅れて白も白組団長・厨へ……続いて、テニス部部長・佐々木《ささき》が青のバトンを受け取った！　赤はまだ遠い……赤組団長・野田が険しい顔でバトンを待つー！』

どうしよう、間に合わないのかな……と周囲を見回した時、「お姉ちゃん！」と少年の声が響いた。

校門の方から走ってくるのは、高嶋君の弟、諒太《りょうた》君！

体育祭は生徒以外の観覧はできないことになっているのだが、高嶋君に呼び出されて、わざわざ家から来てくれたのだ。

「これ、兄ちゃんに頼まれてた予備のやつ！」

「ありがとう！」

「む、聖瑞姫、それは……！」

「よもや最終兵器《リーサル・ウエポン》の到着《とうちゃく》とな……？」

「え、何何、何が届いたの？」

興味津々《きょうみしんしん》のみんなに応じる余裕《よゆう》はなく、私はグラウンドぎりぎりまで近づくと、諒太君が持ってきてくれたソレを、思いっきり放り投げた。

「野田君ー！」

「！」

振《ふ》り向いた野田君が、大きく目を見張り、パアアッと顔を輝《かがや》かせる。

「あ、あれはまさかー!?」と虎之助君の大声が響く中。

鮮《あざ》やかな青空をバックに、赤白帽《ぼう》が、キラリと日光を浴びて宙を舞《ま》った。

「サンキュー、ピンク！」

それをジャンピングキャッチして、素早《すばや》くウルトラ被《かぶ》りする野田君。

瞬間《しゅんかん》、わあああああと歓声が上がる。

『厨選手、トップに躍《おど》り出たー！　ただ今の順位は白、黄、青、赤！』

厨君すごい！　でも、もうこんなに差がついてるなんて……！

『さあ、ようやく赤の第三走者もアンカーのもとへ。トップとの差はすでに四分の三周。今バトンが渡《わた》――うおおおお!?』

「流星の歩幅《メテオ・ストライド》ー！！」

バトンが繋がれた刹那《せつな》、そんな叫《さけ》びとともに砂煙《すなけむり》が巻き起こり、まるでカタパルトのような勢いで野田君がすっ飛んでいった。はっっっっや！

「うおおおおおおおおおおおおおお」

「部活対抗《たいこう》リレーの時も速かったが、あれとは比較《ひかく》にならないほどの速度だぞ……!?」
「目の色が変わっておるのう……」
「赤白帽でパワーアップするわけ!?　なんなんだ、あいつ！」
今まで出し切れなかったエネルギーが、ここにきて爆発《ばくはつ》した感じ……!?

野田
野田

『赤速い赤速い、〈ピオリム〉かはたまた〈ヘイスト〉か、魔《ま》法《ほう》でもかけたような驚異《きょうい》の走りでグングンと差を詰《つ》めていき、とうとう青を抜《ぬ》いた！　あっという間に二周目突《とっ》入《にゅう》！　勢いは止まらない、黄色の背にも怒《ど》濤《とう》の勢いで迫《せま》っていくー！』

あまりのスピードに呆然《ぼうぜん》としていた生徒たちも、野田君が二位に追いつくころには我に返って、大騒《おおさわ》ぎになる。

「なんだアレ、化け物!?」

「やべー！」

「小池、こらえろー！」

『野田選手、黄色も抜いたー！　これは神速よりもなお速い、もはや〈縮地〉の領域か！　ゴールまで残り半周、トップの厨選手ももう間近！』

「うりゃああああああああ」

野田君、気合の雄《お》叫《たけ》びとともに、厨君に追いついた！

「――スチューピッド！」

と思いきや、厨君、ここにきてまたスピードアップ！

野田君も食《く》らいつき、横並びの大接戦だ。

『野田選手、さすがに疲《つか》れが出てきたか、しかし速い！　厨選手も素晴らしい走り！　団長対決勝つのはどっちだ。大和、厨、二人とも頑張《がんば》れー！』

「いけいけ野田ー！」

「厨、頑張れー！」

「野田、抜かせー！」

「負けんな、二葉ー！」

決死の表情の二人がゴールを駆《か》け抜けたのは、ほぼ同時に見えた。

二人とも汗《あせ》だくになり、ゼエゼエと息を切らしながら、判定を待つ。

『ゴール前後の映像を、コマ送りで見てみましょう。皆《みな》さん、画面にご注目ください』

高嶋君のアナウンスとともに、大型パネルに先ほどの二人の姿が映し出された。

ピッ、ピッ、ピッ……と一コマごとに抜きつ抜かれつ、白熱の競《せ》り合い。

ゴール直前では、完全に互角《ごかく》で、シルエットが重なっている。

だが目を凝《こ》らしてみると――ウルトラ帽の角がほんのちょこっと、先にゴールに届いていた。


『――勝者、赤！』


アナウンスが流れるや、うおおおおおおおと地鳴りのような歓声《かんせい》が沸《わ》き起こり、野田君がグッと拳《こぶし》を突《つ》き上げた。

かと思うと、グラリとその体が傾《かたむ》く。


『大和!?』

「野田!?」

「野田君!?」

驚《おどろ》いてみんなで駆け寄ると、とっさに支えた厨君の腕《うで》の中で、野田君は大きな口を開けて、くか～っと寝《ね》息《いき》を立てていた。

「エネルギー切れ……？」

「極端《きょくたん》だな……」

「どこまでもクレイジーな奴《やつ》だぜ……」

平和な顔で眠《ねむ》りにつく野田君に、みんな脱力《だつりょく》しながらも、胸《むね》を撫《な》で下ろしたのだった。

☆★☆

『今年の体育祭、総合優勝は――白組です！』

わあっと沸き起こる拍手喝采《はくしゅかっさい》に包まれながら、誇《ほこ》らしげに優勝旗を掲《かか》げる厨君。

男子リレーでは赤が勝利したものの、僅差《きんさ》で総合得点での逆転はできなかったのだ。

ただし、ＭＶＰには大いに全校を盛り上げた野田君が選ばれた。――閉会式になってもまだ爆睡《ばくすい》してて、賞状は高嶋君が代わりに受け取ってたけどね。

体育祭が終わった後も、実行委員は片付け作業がある。

テントをたたみ、色んな用具やブルーシート、椅子《いす》などを所定の場所へとしまって……。

「あとは、ここだけか」

ヒーロー部員たちが見下ろすブルーシートには、野田君が大の字になって未《いま》だに眠りこけていた。

あの大奮闘《だいふんとう》に敬意を表して、とりあえず救護コーナーに運んでギリギリまで休ませてあげようってことになってたのだ。

「つくづくアンビリーバボー……あそこまでやられたらもう、悔《くや》しい通り越《こ》してブラボーって感じだぜ」

「大和は敵が速ければ速いほど、自分も速くなるんだよ。でもって逆境の時ほど燃えるみたいで、底力が引き出される」

深々とため息をついた厨君に、高嶋君が苦笑《くしょう》交じりに説明する。

骨の髄《ずい》まで少年漫画《まんが》気質か！

「野田大和にとっての赤白帽《ぼう》の効果も興味深いな。いわばブースターのような存在なのか？」

「ヒーロースイッチみたいなものなのかもね」

クイッと眼鏡を押し上げる中村君、肩《かた》をすくめる九十九君。

「……ほんと、ハチャメチャな人だね……」

ゆっくりとお腹《なか》を上下させて、気持ちよさそうに微睡《まどろ》む野田君を眺《なが》めていたところ、

「お姉さま、こっちですわ」とアリスちゃんに連れられて、朝篠宮会長が近づいてきた。

「今日はありがとうございました。——皆さんのおかげで、とても良い体育祭になりました」

長い黒髪《くろかみ》を揺《ゆ》らしながら、柔《やわ》らかな笑顔《えがお》と真心のこもった声音《こわね》でお礼を言われて、じんわりと心地《ここち》よい達成感が広がっていった。

アリスちゃんも、満足そうに微笑《ほほえ》んでいる。

「体育祭、頑張るぞー……むにゃむにゃ」

「今終わったんだよ」

野田君の寝言に九十九君がツッコみ、どっと笑いが溢《あふ》れた。

昼の暑さはやわらいで、秋らしい涼《すず》やかな風が肌《はだ》を撫でていく。

鼻先をかすめる、グラウンドの土埃《つちぼこり》の匂《にお》い。

オレンジを帯び始めた日差しに照らされる顔はどれも、疲労《ひろう》はにじみつつも清々《すがすが》しい表情をしていた。

みんな、お疲れ様！

第三章
腐海に眠りしパンドラの箱

鍵穴《かぎあな》に鍵を突っ込んで、ガチャリと回す。

押し開けたドアの中は、真っ暗。

両親はいつも通りの休日出勤で、午後十時を回っても、帰っていない。

パチンパチンと廊下《ろうか》から順に電気を灯《とも》していってから、彼は肩にかけていたリュックをやや乱暴に床《ゆか》に落とし、リビングのソファに沈《しず》み込むように腰《こし》を下ろす。

さっきから引っ切り無しに震《ふる》え続けるスマホの音が、鬱陶《うっとう》しかった。

どうせクラスの連中が、体育祭とその打ち上げの余熱に任せて他愛もないメールを延々と送り合っているのだ。

しばし通知をオフにしようとスマホを手に取った彼は、クラスのグループのすぐ下に、ここ数年起動していなかったトークグループの新着表示があることに気付いた。

いぶかしみながらも、タップする。

Ｗｉｎｇ『神月、野田の赤白帽盗《ぬす》んだでしょ？　見てたよ』

盗んだ、という穏《おだ》やかでない単語に、息をのんだ。
呼びかけられた相手からの返信は、その二分後に届いている。

神月『その名は二度と呼ぶな』
神月『盗んでないし。落ちてたのを保管してただけ』
Ｗｉｎｇ『落ちてたんじゃなくて置いてたんでしょ？　あいつが捜《さが》してた時も知らんぷりしてたじゃん』

そこまで読んだところで、ちょうど新しいメッセージが着信。

神月『痛い恰好《かっこう》で目立ってほしくなかっただけ。帰りに落とし物ボックスに届けたし、盗んでないから』
ああ……と、共感と安堵《あんど》とほの暗い快感が入り混じった、複雑な感情が胸に広がった。

わずかにためらった後、彼もメッセージを入力、送信する。
『隠《かく》したくなる気持ちわかる。ヒーロー部だっけ？　あいつらマジうざい』
Ｗｉｎｇ『それな。自分も神月を責める気はないし。むしろよくやったｗ』
すぐさま返信が来て、ホッとすると同時に何とも言えない懐《なつ》かしさに包まれた。
口元を緩《ゆる》ませながら、溜《た》まっていた鬱憤《うっぷん》を晴らすように文字をつづる。
『痛くて見てられないよね。勘違《かんちが》い集団、調子乗りすぎ』
Ｗｉｎｇ『あいつらがなんかやる度《たび》、ぞわぞわする。慰謝料請求《いしゃりょうせいきゅう》したいレベル』
神月『マジで拷問《ごうもん》……見てるこっちが、羞恥心《しゅうちしん》に殺される』

＊＊＊

「お前たち、そんな装備で大丈夫《だいじょうぶ》か!?」

「「「「大丈夫だ、問題ない」」」」

野田君の呼びかけに、声をそろえて返答する部員一同。

エ、エルシャダイ……！　また懐かしいなパート2。

場所は部室の前。

みんなマスクとエプロン、三角巾《さんかくきん》を身に着け、雑巾やはたき、箒《ほうき》等をまるで武器のようにビシッと構えてポーズをとっていた。

今日はヒーロー部創立およそ一周年、ということで、節目の大掃除《おおそうじ》をすることになったのだ。

「ファーストアニバーサリーでやることが大掃除って……」

「寒くなると水仕事は辛《つら》くなるから、今がベストシーズンではあるよ」

ぼやく厨君に、実感がこもったコメントをする九十九君。

「じゃあ、戦闘《せんとう》開始ー！」

ドアを開けて、野田君を先頭に、ぞろぞろと中に入っていく。

みんな体育祭の準備で忙《いそが》しかったから、部室に来るのは十日ぶりだった。

「久しぶりに見ると、すげー散らかってるっスね……」

「エントロピーは増大する……」

虎之助君が唖然《あぜん》としたように言い、中村君が眉《まゆ》を寄せながら呟《つぶや》く。

慣れてしまって気づかなかったけど、いつのまにか床にも棚《たな》にも物が溢れかえっていた。

さて、どこから手を付けたものか……。


「掃除の基本は上から下、奥から手前だけど、まずは溢れてる物を全部入り口前に集めよう」

部室に入って四分の一ほどのフローリングスペースに新聞紙を広げながら、そんな指示を出したのは九十九君だ。

「収納場所がないから散らかるんだよ。収まりきらないものは捨てるか、各自持ち帰ること」

なるほど、さすが日常的に家事をやってるだけあって、ツボをわかってる感じ。

ちなみに彼が愛用している割烹着《かっぽうぎ》は、二年前の誕生日に美琴ちゃんチョイスで姉妹弟《きょうだい》のみんなからプレゼントされたものなんだって。厨君情報。

てなわけで、漫画《まんが》や雑誌、筋トレ道具、ぬいぐるみ等、床に落ちてるものを移動する作業から始める。

「なに、これ……」

　小さな手帳が落ちていたので開いてみたら、

『見つめたオマエの瞳《ひとみ》は Blue《ブルー》 どこまでも澄《す》んだ秋の空
Oh《オー》 Sky-blue《スカイブルー》 Baby《ベイベー》 切ないね Blues《ブルース》 響《ひび》き合う Trues《トウルース》……』

　なんかヤバい詩が書いてあった。

「ああ、それは俺のポエム帳だ」

　恥《は》ずかしがる様子もなく名乗り出たのは厨君。

「見つけてくれた礼に、読む権利をやろう。自分で言うのもなんだが、傑作《けっさく》ぞろいだぜ」

「いりません」

「おっ、手裏剣《しゅりけん》発見！　懐かしいな～、交歓《こうかん》祭の時買ったんだよな！」

「あのクイズ大会では竜翔院が大活躍《だいかつやく》だったよな」

「フッ、鞍馬《くらま》の山ではギルディバランが復活しかけて、随分《ずいぶん》とエネルギーを消耗《しょうもう》したがな」


「これは……七夕フェスタの時に配ったビラだな」

「神輿《みこし》を作ったり屋台を幇助《ほうじょ》したり、なんだか悠久《ゆうきゅう》の昔の記憶《メモワール》のようじゃ……」

「あの時の兄貴と叩《たた》いた太鼓《たいこ》はサイコーに熱かったぜ！」


「こっちは去年の文化祭の劇の台本だね。オレの馬の名演、部長に絶賛されたっけ。ただ舞台《いた》に佇《たたず》むだけで芝居《しばい》を支配してるって――」

「わ～、懐かしい。一位が取れてすごく嬉《うれ》しかったよね。あの後すぐ演劇部にも部員が入って……って、駄目《だめ》だよ、みんな、めっちゃありがちなトラップにはまってる！」


ついつい思い出話に浸《ひた》ってしまっていたところから我に返り、再び作業に戻《もど》るけど――

「うわ、お宝発見♪　んー、どこがいいかな～」

「高嶋君、見つけたポスターを壁《かべ》に貼《は》るのは後にして！」

「えーと、次は線Cを山折りにして……」

「野田君、雑誌の付録のロボを組み立ててる場合じゃない！」

「くっ、やはりこの絵師は、神……！」

「莉夢ちゃん、ＢＬ読み始めない！」

油断するとすぐみんな遊び始める。


「つーか木下、お前、どんだけ私物を持ち込んでんだよ！」

虎之助君が指摘《してき》する通り、部室の奥の一角はいつしか莉夢ちゃんの商業ＢＬや同人誌が高層ビル群のように積み上げられ、うっかり足を踏《ふ》み入れたら多大な精神的ダメージを受けかねない、ある種の腐海《ふかい》となっていた。

「ふん、仕方あるまい、今日だけは妾《わらわ》の宝物に触《ふ》れることを許可しようぞ。皆《みな》の者、さっさと運び出すがよい」

「てめーも働け！」

大量のBL本の陰《かげ》には、答案用紙、DVD、まさかのガスマスクなんてのも落ちていた。

野田君がゴミ捨て場から拾ってきた品らしい……なんでもかんでも拾ってくるんじゃありません！

そして、そんな腐海の一番奥から姿を現したのは、小型の段ボール箱。

「なんだっけ、これ？」

「あ、あれだ、『なんでも箱』。前は忘れ物や置き場所がない物、持ち主がわからない物はとりあえずここに入れることにしてたんだよ」

高嶋君の説明に、そういえばそんなのあったなと一同、頷《うなず》く。

BLの山に埋《う》もれてすっかり存在を忘れていたけど……段ボールの一番上には、誰《だれ》かのパーカーが被《かぶ》せてあった。この箱もひとまず入り口のところに運んでおくことにする。

床《ゆか》に物がなくなると、分担して窓や壁、ドア、本棚、照明などの掃除にとりかかった。

私はカラーボックスを担当。動かしてみたら裏側に埃《ほこり》がいっぱい溜《た》まってて、更《さら》には昨年度の節分に豆まきした時の豆が数粒《すうつぶ》、転がっていて、ビックリした。

あの時ちゃんと掃除《そうじ》したつもりだったけど、まだこんなところに残ってたんだ……。

「このガラスも空良ちゃんの心のように曇《くも》りなく透明《とうめい》に……って思うのに、なんか拭《ふ》けば拭くほど汚《よご》れる気がするよな～」

「雑巾《ぞうきん》はどうしても跡《あと》が残りやすいからね。窓拭きにはこれがオススメ」

顔をしかめる高嶋君に、九十九君がリュックから青い布を取りだして渡《わた》す。

「マイクロファイバークロス。水拭きだけで綺麗《きれい》になる。拭き方はコの字を描《えが》くようにしていくとムラがなくなって効率的だ。最後はこっちの乾《かわ》いたクロスで仕上げをするとピカピカになるよ」

「拭いても拭いても消えないこのシミは、よもやこの部屋の以前の持ち主の呪《のろ》いと怨恨《えんこん》が染《し》みついたものだから、か……？」

「壁のシミは重曹《じゅうそう》を水に溶《と》かして拭き取ると落ちやすい。重曹も持ってきてるよ」

「零、サッシの溝《みぞ》のゴミを取るいい方法《ハウツー》ってないか？」

「そういう時はこれ――マ●イ棒！　割りばしの四分の三に古着を巻いて輪ゴムで留めただけだけど、細かい隙間《すきま》の掃除にめちゃめちゃ便利なんだ。あと、ゴムパッキンのカビはカビ取り剤《ざい》つけた後キッチンペーパーとラップで密封《みっぷう》して二、三十分放置すると、取れにくいカビも綺麗に落ちるから」


リュックから便利アイテムを次々と出しながらよどみなく応じる九十九君に、「おお～」と周囲から尊敬の眼差《まなざ》しが注がれた。

「すごいぞパープル、掃除の達人⁉」

「よっ、家事のエキスパート！」

飛び交《か》う誉《ほ》め言葉に、フフンと鼻高々になる九十九君。

「まあお前たちとは日頃《ひごろ》の研鑽《けんさん》が違《ちが》うっていうか？　別段これくらい大したことじゃないけど……」

頬《ほお》を染めながらハンディーモップで本棚の上をはたいていたら、不意に細長いものが彼の肩《かた》にボトリと落ちてきた。

「ギャアアアア、なんだこれなんだこれ!?」

取り乱しながら九十九君が床に投げつけたのは――蛇《へび》の抜《ぬ》け殻《がら》!?

「なんと……」と莉夢ちゃんが目を丸くする。

「以前、銀《しろがね》を連れ込んだ折、脱皮《だっぴ》していたのじゃな……」

「お前、好き放題やりすぎだろ！」

☆★☆

そんなこんなでトラブルはありつつも、九十九君のオカン力に助けられながら一通り掃除は終了《しゅうりょう》。

あぶれていたものも、捨てるものと持ち帰るものに分類し、すっきり整理整頓《せいとん》されてピカピカになった部室で――

「あとは、これだけか……」

部員たちの視線が集まる先には、『なんでも箱』が置かれていた。

「手早く片付けてしまおう。まずはこの防寒具——」

無造作に一番上に載《の》っていたパーカーを手に取った中村君は、次の瞬間《しゅんかん》サーッと青ざめるや「うわあっ」と再びパーカーを箱に投げ捨てるように戻《もど》した。

「どうしたブラック⁉」

「なんということだ……内部は既《すで》に、魔界《まかい》の瘴気《しょうき》に侵《おか》されている」

瘴気？

鳥肌《とりはだ》を立てながら言われたけど、ピンと来なくて一同首を傾《かし》げる中、ハッと厨君が息をのむ。

「もしかして……カビ？」

硬《かた》い表情でコクリと頷く中村君に、みんなもギョッと身をこわばらせた。

「一瞥《いちべつ》したのみだが、中にパンを放《ほう》り込んだ愚者《ぐしゃ》がいたようだな。そこから周囲に侵蝕《しんしょく》してびっしりと……クッ、実は災厄《さいやく》が詰《つ》まったパンドラの箱だったというわけだ……」

うわあ……それは嫌《いや》すぎる。

「もうこのまま、まとめて捨てるか？」

「そうだね、どうせ今まで放置されてたものだし……」

高嶋君の提案に頷いた直後、ドクン、と不思議な感覚が体を奔《はし》り、とっさに「待って！」と声を上げていた。

「……ごめん、その中に何か大事なもの、入れてた気がする……よく覚えてないんだけど……」

たどたどしくそんな言い訳を口にしたけど、嘘《うそ》だ。

ただ、その箱をすぐに捨てちゃうのは駄目《だめ》って、そんな気がしたから……。

「大事なもの？　どうしてわざわざこの中に？」

「えーと、一時的に置いておくつもりが忘れちゃってたのかも……？」

あやふや極《きわ》まりない私の言い分に、みんな不思議そうな顔をする中、野田君がパチンと指を鳴らした。

「なるほど！　パンドラの底には『希望』が眠《ねむ》っているということか」

「ええー、でも、カビカビっスよ？」

「この呪《のろ》われし箱を、あえて漁《あさ》ろうというのか？」

「う………」

思わず言葉に詰まっていたら、「オーケー、それなら」と厨君が助け船を出してくれた。

「運命のカードで生贄《いけにえ》を決める……てのはどうだ？」

そう言ってピッと掲《かか》げてみせたのは、先ほど掃除で発掘《はっくつ》されたトランプだった。

「ハッ、おもしろい、負けた奴《やつ》が箱を調べる罰《ばつ》ゲームってわけか」

「よし、みんなで勝負だー！」

——ということで、その場で車座になってババ抜きスタート。

シャッシャッシャッとトランプを配った厨君が、「じゃあ、まず俺から引くぜ」と隣《となり》の莉夢ちゃんから一枚とって、自分の持ち札と合わせるとカードを切る。

「ほら、松丸」

「押忍《おす》！」

あ、厨君、持っている六枚のカードのうち、よく見ると一枚だけひょこっと飛び出させてる。

　そしてその一枚を無防備に引き抜いた虎之助君が、次の瞬間、ギョッと目を見開いたので、一同ブハッと噴《ふ》き出した。

「虎、お前、ババ引いただろ……！」

「チョロすぎ！　わかりやすすぎ！」

「!?　いや、引いてないっスよ！　気のせい気のせい！」

　虎之助君はブンブンと首を横に振《ふ》ってから、手札を切って、私の方へとカードを広げる。

「姐御《あねご》、どうぞ！」

「うん。じゃあ……」

　一番右のカードに触《ふ》れた途端《とたん》、虎之助君の目がキラキラと輝《かがや》いた。これ、ババか！

　隣のカードに指を移すや、眉間《みけん》にしわを寄せ、渋《しぶ》い顔になる虎之助君……いや、あまりにもあからさまだし、罠《わな》っていう可能性もある？

　でも虎之助君だしなあ……とりあえず、こっちで。

　残念そうにしていた後者のカードを引くと、普通《ふつう》にダイヤの3だった。あ、そろった。

その後も虎之助君はリトマス試験紙並みに明確な反応を見せ、ババをキープし続けるうちに周りはどんどん上がっていった。

最後は虎之助君が二枚、九十九君が一枚を手元に残した一騎打《いっきう》ちとなる。

「クソ、オレ、いつもババ抜きだけはやたらツイてねえんスよ……！」

「運の問題じゃなくて、虎の表情がわかりやすすぎるんだよ」

「バカ高嶋、ばらすなよ！」

「マジっスか⁉」

虎之助君は目を丸くしてから、「そういうことなら……」とキョロキョロした。

「――これでどうだ！」

先ほど発掘したフルフェイス型のガスマスクをして、胸を張る虎之助君……確かにこれなら表情はわからない！　そして絵面《えづら》が強い！

「さあ、運命のガチンコ勝負と行こうぜ、九十九先輩《せんぱい》！」

二枚のカードを差し出しながら、啖呵《たんか》を切る虎之助君。

「チッ……だがオレの眼力《インサイト》ならば、カードはおろかお前の骨格まで透《す》けて見える！　スケスケだぜ！」

そう大言してカードを一枚抜《ぬ》き取った九十九君は、直後、ひくっと頬《ほお》を引きつらせてから、偉《えら》そうに顎《あご》を上げた。

「すぐに終わってもつまらないからね……オレの暇《ひま》つぶしに付き合ってもらうとしよう」

ジョーカーだったのね。

ゴクリと唾《つば》を飲み込んで、相手のカードに手を伸《の》ばす、虎之助君（※ガスマスク着用）。

右か、左か、迷うように揺《ゆ》れる指先に、周りの厨病《ちゅうびょう》ボーイズが「ざわ‥ざわ‥」「ざわ‥ざわ‥」と効果音をつける。カイジっ‥！　圧倒《あっとう》的カイジっ‥‥！

「いざ、勝負！」

虎之助君が腹を決めたように叫《さけ》び、大きく手を振りかざした刹那《せつな》、「待て！」と九十九君から制止の声が上がった。

「いいか松丸……ここに二枚のカードがある」

見ればわかるよ。

「右が、平凡《へいぼん》だがそこそこ幸せな人生が送れるカード。左が、ヤンキーのテッペン目指して細くて険しい漢《おとこ》の茨道《いばらみち》を突《つ》き進むカードだ。お前は果たして、どっちを選ぶ……？」

また変なこと言い出した！

「……ハッ、決まってんだろ。オレが選ぶのは、これしかねえー！」

威勢よく左のジョーカーを引き抜いてから、「あ〜〜〜」とくずおれる虎之助君。爆《ばく》笑《しょう》するギャラリー。

「いいぞ虎之助、お前は何一つ間違《まちが》っちゃいない！」

「今こそ反撃《はんげき》の狼煙《のろし》をあげるのだ、松丸虎之助……！」

「押忍！」

虎之助君は丹念《たんねん》にカードを切った後、「九十九先輩！」と挑《いど》むように二枚を差し出した。

「右は、ベンジャミン。左は、金と権力と名声っス。さあ、あんたの選択《せんたく》を見せてくれ！」

「……！　なるほど、そうきたか……」

眉《まゆ》をひそめてから、薄笑《うすわら》いを浮《う》かべる九十九君。

「悪いが、迷うまでもない。さらば、凡愚《ぼんぐ》よ」

　そう言って彼が引いたのは、左のカード。クラブの5。

「はい、あがりー」

「なにいいいいい、見損《みそこ》なったぜ、九十九先輩！　ベンジャミンを……ベンジャミンを見捨てるなんてー！」

「いやそれベンジャミンじゃないし。ただのカードだし」

「っ……くそおおおおおお！」

　頭を抱えて絶望の叫びを上げる虎之助君の手から、ひらりとジョーカーが舞《ま》い落ちた。

無駄《むだ》に熱い……。


「はあ……こういう罰《ばつ》ゲーム的なものは九十九先輩が当たるもんだとばかり」

「なんだよそのイメージ！　ほら、さっさとやれよ！」

屋内だと胞子《ほうし》が飛び散るといけないから、部室の外の中庭で、いよいよ箱を漁《あさ》ることになった。

「じゃあ、行くっスよ……」

両手に使い捨て手袋《てぶくろ》をはめ、顔には依然《いぜん》ガスマスクをつけたままの虎之助君が、恐《おそ》る恐るといった手つきで、箱の上に被《かぶ》さったパーカーを持ち上げる。

「うひ～、ヤバいっスねこれは……」

私も横から覗《のぞ》いてみると、箱の中はパンを中心に、緑、白、黒、更《さら》にはピンクのもふっとしたカビに覆《おお》われたカラフルな世界が広がっていた。

ぞっとすると同時に、カビってこんなに色のバラエティあったんだ……と妙《みょう》な感心もしてしまう。

「あ～、キモイキモイキモイ。最悪だぜ……」

「ごめんね、虎之助君」

「いや、負けたオレが悪いんで！　うう……」

半泣きになりながら、タオル、雑誌、シャーペン、豆、縄跳《なわと》び、釘《くぎ》バットなど、定番の品からよくわからないものまで次々とゴミ袋に突っ込んでいく虎之助君。

「目的のブツがあったら、言ってくださいね、姐御《あねご》！」

「うん……」

じっと見守るけれど、どれもピンとこないまま、箱の中身は減っていく。


「――これが希望っスか……？」


そう言って彼が最後につまみだしたのは、どこかの鍵《かぎ》のようだった。

さわっと肌《はだ》が粟立《あわだ》ち、これだ、と確信する。

「うん、ありがとう。ちょっと洗ってくるね」

水で綺麗《きれい》にしてみると、頭部には、油性ペンで「天」という文字が書かれていた。

それを見て、ぼんやりと記憶《きおく》が蘇《よみがえ》る。

「何の鍵なんだ、ピンク？」

「……わからない」

私の答えに、ええ～？　と戸惑《とまど》う一同。

「どういうことだ？」

「三月頃《ごろ》に部室に落ちてて、依頼《いらい》人の忘れ物かな？　と思って、この箱に入れたんだよ」

これは本当だった。

「なにか大事そうなものを入れたって記憶だけ残ってたみたい……これだけ期間が空いてたら、落とし主にはもう必要ないものなのかもしれないけど」

そこまで話したところで、「掃除《そうじ》の進捗《しんちょく》はいかがですか？」と白衣姿の男性がやってきた。

「名雪先生！　部室からこんな鍵が見つかったんだけど、何の鍵かわかるか？」

「……見覚えがあるような気がしますが……」

野田君から渡《わた》された鍵をまじまじと見ていた先生は、やがて「あっ」と声を上げ、私たちに微笑《ほほえ》んだ。

「たぶん、あそこです。――案内しましょうか？」

☆★☆

名雪先生に連れていかれたのは、今まで上がったことのない旧校舎の屋上だった。

先生はその屋上の隅《すみ》にある貯水タンクに近づいて行って……って、あれ、違う？

てっきり貯水タンクかと思ったそれは、ドーム型の屋根を持つ小さな建物で、先生はそこの扉《とびら》を例の鍵で開錠《かいじょう》すると、「どうぞ」と私たちを中へ手招きした。

先生が壁《かべ》のスイッチを押すと、パッと電気がついて、建物の中央に置かれた大型の立派な望遠鏡が照らし出される。

更にもう一つのスイッチを押すや、望遠鏡が向いた先のドーム屋根の一部がウィーンと開いて、澄《す》んだ青空が出現した。

……きっと、私はここに導かれたんだ。どうしてかはわからないけど……。

「すげー！」

「砲台《ほうだい》みたいだな！」

「ここは天文台です。おそらくこの鍵は、ヒーロー部の顧問《こもん》だった古川《ふるかわ》先生が落としていかれたものでしょう……先生は天文部の顧問も兼任《けんにん》してらっしゃったので」

感嘆《かんたん》する厨病《ちゅうびょう》ボーイズにニコニコしながら、名雪先生が説明する。

「これはたぶんスペアキーで、正式な鍵は職員室にあるはずです」

「なるほど……」

でもよく鍵を見ただけでわかったな、と思ったタイミングで、「学生時代」と名雪先生が言葉を継《つ》いだ。

「氷雨《ひさめ》が天文部員だったので、彼に付き合って時々ここに来ていたんですよ。——ああ見えてあいつは、なかなかロマンティストなところもあるんです」

「あ、わかる気がします。小説にもなんとなく、滲《にじ》んでますよね……ストーリーは暗くて救いがないけど、時々ハッとするほど綺麗な表現やシーンが潜《ひそ》んでいたり」

「そう、そうなんですよね」

先生は私に微笑むと、望遠鏡、それから空へと視線を移し、懐《なつ》かしそうに目を細めた。

「秋冬は空気が澄んで天体観測に最適な季節なんですが、夜になるとこの場所、すごく寒いんですよ。だから厚着をして、ポットに入れた熱いレモネードを飲みながら、星の蘊蓄《うんちく》や星座物語を教えてもらったりしましたね……」

「アンドロメダ座、ペルセウス座、ペガスス座……秋の星座はギリシャ神話にまつわるものも多く、ドラマティックな伝説の宝庫だな」

嬉《うれ》しそうに話に入ってくる中村君……ほんと、神話系好きだね。

「先生、今度は夜に連れてきてくれよ」

野田君の言葉に、名雪先生は「そうですね」と頷《うなず》いた。

「是非《ぜひ》そのうち、みんなで星空観察会をしましょう」

☆★☆

鍵は学校に返すことになり、部室に戻《もど》って一息つくことにした。

綺麗になった部室は、広々として気分がいい。

「学校にあんな場所があるなんて、知らなかったよ」

ずずっとお茶をすすってから、ため息交じりに私が言うと、隣《となり》で先ほど見つけた雑誌の付録のペーパークラフトロボを組み立てていた野田君が、ニカッと笑《え》顔《がお》を向けた。

「パンドラの箱、丸ごと捨てなくて良かったな！」

「オレも苦労した甲斐《かい》あったっス」

汚《よご》れ仕事をさせてしまった虎之助君もそう言ってくれて、救われる気がした。

「うん、ありがとう」

「おかげで新たな氷名《ひさなゆ》エピソードを入手できたしのう。燃料投下で高校生編の構想が一気に膨《ふく》らんだぞ……ハアハア」

息を乱しつつメモにシャーペンを走らせる莉夢ちゃんは、そっとしておくことにする。


「次は生徒会選挙か……高嶋は西園寺サンと作戦会議しなきゃね」

「放課後の誰《だれ》もいない教室で二人きり……とか？」

ニヤニヤと従兄弟《いとこ》たちが話を振《ふ》ると、高嶋君はブッとお茶を噴《ふ》き出した。

「あちあっち……いや景野もいるし！　そもそも選挙を応援《おうえん》するだけだし、何より俺には空良ちゃんという大事な人がいるんだからな！」

噴いたお茶をティッシュで拭《ふ》きながら、わたわたしている高嶋君。

こんな調子で大丈夫《だいじょうぶ》かな……。

苦笑《くしょう》しながらお菓子《かし》に手を伸《の》ばしていたところ——

トントン、とノックの音が響《ひび》いた。

「ようこそヒーロー部へー！」

勢いよくドアを開けた野田君が、直後、首を傾《かし》げる。

「誰もいないぞ？　――ん、なんだこれ？」

部室の前に落ちていたのは……一通の白い封筒《ふうとう》だった。

第四章 学校革命ハテナ

「手紙……？」

「いったい何が綴《つづ》られているのだ？」

野田君は床《ゆか》に胡坐《あぐら》をかいて座ると、中の文章を読み上げた。

「『ヒーロー部の皆《みな》さんへ。こんにちは、僕は皆神高校の生徒で、ヒーロー部のファンです』」

「「「「ファン!?」」」」

思いもよらない単語が飛び出し、復唱する一同。

「『先日の体育祭も大活躍《だいかつやく》でしたね。ヒーロー部はいつも学校行事を盛り上げてくれて、カッコいいです。そのエネルギー、強烈《きょうれつ》な個性、ユニークな感性……僕以外にも、隠《かく》れファンはたくさんいると思います』」

「マジか……俺たちってばそんな人気者だったのか」

「いくら闇《やみ》に潜《ひそ》もうと滲み出る才能の煌《きら》めきは、いかんともしがたい……」

「世の中がようやくオレのセンスに追いついてきたって感じ？」

「ファ、ファンとか照れるっスね……！」

頬《ほお》を紅潮させてどよめく厨病《ちゅうびょう》ボーイズ……活動を支持してくれる人がいるのは嬉しいけど、本当に？　あとこの流れ、なんとなく既視感《きしかん》があるような……。

「『そんな一ファンからお願いがあります。ヒーロー部に次の生徒会をやってもらえないでしょうか？　ヒーロー部の誰かが生徒会長になって、学校を運営してくれたら、もっと毎日が楽しくなると思います。お願いします！　生徒会長になって、学校に革命を起こすヒーローになってください!!　ヒーロー部のファンより』」

　そこまで読み上げると、野田君は顔を上げ、言った。

「――生徒会長に、おれはなる！」

即決《そっけつ》!?

「ちょっと野田君、一度落ち着こう！」

「こんなに熱心に頼《たの》まれたんだ。引き受けるしかないだろ？」

グッと拳《こぶし》を握《にぎ》る野田君の目はキラキラ光り、頬は火照《ほて》り、どう見ても舞《ま》い上がっていた。

「ははっ、大和が生徒会長か。それも楽しそうだな～」

「智樹とは敵同士になるが、正々堂々戦おうぜ！」

「ならば野田大和の推薦人《すいせんにん》はこの竜翔院凍牙が引き受けよう。選挙戦の戦略考案及《およ》びマニフェスト作りも協力するぞ」

「生徒会長っつったら学校の頭《ヘッド》！　兄貴にピッタリだぜ！」

「歴史を動かす新生徒会長を陰《かげ》で操《あやつ》る工作員……そんな役どころも悪くない、か」

他《ほか》のメンバーもすっかりその気になってるし……。

「相変わらずおだてに弱い奴《やつ》らだな……」

唯一《ゆいいつ》、男子の中では厨君が平静だった。

「やっぱり前半の部分ってそういうことだよね？」

「ああ、俺のファンになるってのはごく自然なことだが、これは明らかに調子に乗せて言うこと聞かせようって魂胆《こんたん》だろ。……とはいえ」

淡々《たんたん》と話していた厨君が、そこでニヤリと悪童の笑《え》みを浮《う》かべる。

「背景はどうあれ、おもしろそうじゃねーか。野田が会長とか常識外れだが、だからこそ未知数でスリリングだ」

この人、止める気ないな……。

「誰《だれ》もいないはずの昼休みの生徒会室に響く、机の軋《きし》む音と荒《あら》い息遣《いきづか》い、押し殺そうとしても漏《も》れてしまう艶《なま》めかしい喘《あえ》ぎ声……ふおおおおお、待て、待つのじゃ、これはヤバいぞ、禁忌《きんき》性が半端《はんぱ》ない！」

莉夢ちゃんは一人でいつもの妄想《もうそう》世界に入って悶《もだ》えている。

「ねえ、この手紙の内容をそのまま信じ込んじゃうのは――」

「おれたちで、学校生活に革命を起こすぞ！　スクール・レボリューションだー！」

「「「おー！」」」

……駄目《だめ》だ、完全にスイッチ入っちゃって、私の言葉は届かない。

この人たちに生徒会とか、絶対無理でしょ！　私は応援しないからね⁉

☆★☆

生徒会選挙についての公示が掲示板《けいじばん》に張り出されたのは、翌日の昼休みだった。

締《し》め切りギリギリの滑《すべ》り込みの出馬だったんだね……。

立候補者は三人。西園寺アリス、野田大和、そして上杉彗。

「上杉君も出るんだ……一年生で立候補なんて珍《めずら》しいね」

「ああ。だが誰が相手だろうと関係ない。おれたちは全力で戦い抜《ぬ》くだけだ！」

「投票日は明後日《あさって》。短期決戦だ……有権者にいかに訴《うった》えるべきか、最後の詰《つ》めが必要だな」

廊下《ろうか》で張り紙を見上げながら、燃える野田君、クイッと眼鏡を押し上げる中村君。

「高嶋は西園寺とミーティング中？」

「うん、屋上でご飯食べながらするって――あれ？」

向こうから速足でやってくる金髪《きんぱつ》男子の姿に気付き、私は目を瞬《またた》く。

「高嶋君、もう打ち合わせ終わったの？」

「悪い、ちょっと急いでるから」

すれ違《ちが》いざま、いつになく真剣《しんけん》な顔でそれだけ言うと、高嶋君はどこかへと去っていった。

どうしたんだろう……？　と思ってたら、今度はアリスちゃんがやってきた。

その表情は晴れず、足取りもとぼとぼと力がない。

「アリスちゃん？　どうしたの？」

「あ……ごきげんよう」

私たちに気付くと笑顔になったけれど、無理しているように見えた。

「……わたくし、立候補は辞退いたしますわ」

突然《とつぜん》の表明に、意表を突《つ》かれる。辞退!?

「打ち合わせで、何か問題が起こったの？」

「いいえ、勝手ながら、わたくしが一人で決めたことです」

「おれが出ることにしたからか!?」

「全然関係ありませんわ。ただ、もう生徒会活動に疲《つか》れてしまったんです」

「…………！」

傍《はた》から見ても生徒会の忙《いそが》しさはわかるし、説明にはなってる。でも……。

「何かあったんでしょ？」

「…………」

アリスちゃんは無言で、キュッと両手の拳を握りしめる。

「──野田君が生徒会長というのも、最初は驚《おどろ》きましたけど、学校生活を盛り上げてくれそうですよね。わたくしも、応援《おうえん》しますわ！」

「生徒会長に憧《あこが》れてたんじゃないの？」

強引《ごういん》に話題を逸《そ》らそうとしたアリスちゃんに、もう一回問いかけたけれど……。

「……もう、いいんです」

アリスちゃんは有無《うむ》を言わせない口調できっぱり言い切ると、私たちにお辞儀《じぎ》をして、その場から去っていった。

景野君なら何か知ってるかも？　もう戻《もど》ってきてるかな……と２-Ｃの教室に行ってみると、果たして自席でお弁当を食べている眼鏡男子を発見した。

「食事中にすまん！　食べながらでいいから、教えてほしいことがあるんだが……」

「西園寺さんが突然立候補を辞退した件について？」

私たちが頷《うなず》くと、景野君は口をもぐもぐさせたまま、つまらなそうに話し始めた。

「昨日生徒会誌を刷り上げたんだけど、西園寺さんの担当記事でスルーできない誤植が見つかってさ……役員総出で一つ一つテープを貼《は》って修正する作業をしたんだけど、彼女、みんなに迷惑《めいわく》かけたってすごく落ち込んじゃってたから……たぶんそれで自信失ったんだろうね。本人は『生徒会活動に疲れたから』なんて言ってたけど」

「それだけ？　豆腐《とうふ》メンタルかよ」

「厨君、無神経！　……会長に怒《おこ》られたりしたの？」

「ううん、別に誰も責めたりしなかったよ……ミスは誰にでもあるからね。でも西園寺さん、最近たまたま生徒会の仕事で小さなミスがいくつも続いていて……ほら、体育祭の時に角材の発注を間違えたりしてたでしょ？　……で、自分は会長の器《うつわ》ではないのかもって悩《なや》んでるみたいだったから、たぶん積もり積もって……て感じ？」

景野君は水筒《すいとう》のお茶をコクッと飲むと、はあっと苛立《いらだ》たし気にため息をつく。

「理想が高すぎるんだよね。誰もが朝篠宮会長みたいにできるわけじゃないのに」

——「なかなか立候補する勇気が出なくて」

高嶋君に推薦人《すいせんにん》を頼《たの》みに来た時の、懸命《けんめい》な様子を思い出す。

アリスちゃんにとっての生徒会長は、それだけ特別なものなんだ……だけど。

「今はちょうど悪いタイミングが重なって、後ろ向きになっちゃってるだけなんじゃないかな？　そんなに憧れてるなら、挑戦《ちょうせん》してほしいよ。私、もう一度アリスちゃんと話してみる——」

「僕と高嶋もそう思って説得したんだけど、彼女、思い込んだら一直線なところあるからさ……全然聞く耳持たないよ。もう勝手にしろって感じ」

食べ終わったお弁当の蓋《ふた》をやや乱暴に閉じながら、突き放すようなことを言う景野君。

——屋上では食べる余裕《よゆう》もなく、ずっとアリスちゃんと話していたのかも……。

そう思い当たったところで、昼休みの終わりを告げるチャイムが響《ひび》いた。

「アリスちゃん、本当にいいの？　後悔《こうかい》しない？」

「一緒《いっしょ》に生徒会選挙を戦い抜こうぜ！」

放課後、野田君と二人で思い直すように語り掛《か》けたけれど、アリスちゃんの意志は変わらなかった。

「もういいんです。辞退すると決めて、さっぱりしましたわ！」

そう言い切られたけど、元気にふるまっていてもやっぱり不自然で、もどかしい気持ちでいっぱいになる。

高嶋君は自分の席でスマホをいじりながら、こちらの動向を静観しているようだった。

いつもなら一緒に説得に加わってくれそうなのに……。

「何もしない奴《やつ》は失敗もしない。お前がミスをしてるってことはそれだけ仕事してるってことだ。頑張《がんば》ってるってことだぞ！」

「…………」

野田君の言葉に、瞬間《しゅんかん》、大きな翠《みどり》の瞳《ひとみ》がじわっと潤《うる》んだ。

アリスちゃんはさっと目を伏《ふ》せて瞬《まばた》きしてから、今日見た中で一番、柔《やわ》らかい笑《え》みを浮《う》かべた。

「ありがとうございます……でも、本当にもう、いいんです。すでに辞退届を選挙管理委員会に提出してきたので」

「「いつのまに!?」」

「昼休みのうちに」

アリスちゃん……行動力があるのは知ってたけど、早すぎるよ。

野田君並みじゃないか……！

「野田君が生徒会長になって、ヒーロー部の皆《みな》さんが役員になったら、きっと全く新しい生徒会ができるんでしょうね。楽しみですわ」

そう言うと、アリスちゃんは鞄《かばん》を持って立ち上がる。

「心配してくださって、ありがとうございます。でも、どうかこれ以上気になさらないでくださいませ！」

私たちに会釈《えしゃく》をしてから、最後に高嶋君に「振《ふ》り回してしまって、申し訳ありませんでした」とお辞儀をして、アリスちゃんは帰ってしまった。

「スッキリしないのは確かだけど、本人がやる気がないって言ってるんだから、どうしようもないんじゃない？」

呆然《ぼうぜん》と立ち尽《つ》くしていた私たちに、近付いてきた九十九君が冷めた意見を述べる。

「同感。今はもう何言っても無駄《むだ》だぜ。好きにさせとけよ……西園寺の選択《せんたく》なんだから」

高嶋君もいつになくドライなように思えたけど、確かに、これ以上干渉《かんしょう》するのはお節介《せっかい》なのかな……。

「大和は自分の選挙に集中しろよ。俺も応援するし、頑張ろうぜ！」

高嶋君が背中を叩《たた》くと、野田君も気を取り直したように「おう！」と力強く答えた。

☆★☆

「生徒会長には野田大和、野田大和をよろしく！」

翌朝、登校すると、校門前では肩《かた》からフルネーム入りのタスキを掛けた野田君が、さっそく選挙運動を開始していた——全身ピッタリの真っ赤な戦隊ヒーロースーツ姿で。

「野田君、何その恰好《かっこう》!?」

「おれは学校を変革するヒーローになるからな、まずは見た目でアピールしてみた！　ヘルメットを着けてないのは、顔は見えた方がいいっていうブラックのアドバイスだ。さすがブラック、頼《たよ》りになるぜ！」

グッと親指を立てる野田君……いや、アドバイスするならその恰好はやめとけって言ったげて！

そう思いながら彼の視線の先を見ると、そこでは中世風の全身鎧《よろい》がビラを配っていた。

「中村君!?　そっちのコンセプトは何!?」

「推薦人とはこれ即《すなわ》ち、候補者とともに戦い、支える騎士《きし》と理解した」

籠手《こて》をはめた手がカチャリと兜《かぶと》の目のガード部分を押し上げると、眼鏡のレンズの奥に一見理知的な双眸《そうぼう》が現れる。

「同時に生徒たちに、強固な鎧により野田大和率いる新生徒会の盤石《ばんじゃく》さと安心感をイメージさせる狙《ねら》いもある」

フッ、と誇《ほこ》らしそうに説明する中村君だけど、安心感!?　むしろカオスなんだけど！

「兄貴に清き一票を！」とビラ配りに参加している虎之助君は、特攻《とっこう》服を羽織ってるし。

「野田大和をよろしく〜」と呼びかけてる高嶋君は、法被《はっぴ》姿で『大和推《お》し』『サーチライト放って』なんて書いてある団扇《うちわ》を振ってるし。

これじゃ選挙というよりイベントの宣伝だ……と呆《あき》れてたら、こそこそと話す女子の声が聞こえてきた。

「野田先輩《せんぱい》……ないわ〜……」

「ヤバいよね……」

先日の体育祭で発生しかかったモテムーブは、これで見事に消え去ったようだ。

一方で、「また何かやるのか、ヒーロー部」「野田、頑張れよ～」などと通りすがりに声を掛けてくれる生徒たちも意外と多い。

女子人気は消滅《しょうめつ》しても、知名度と好感度はかつてなく高まっているのかも？

周囲の好感触《こうかんしょく》に驚《おどろ》いていたところ、不意にキャッキャと弾《はず》む女子の声が耳に入った。

見ると、少し離《はな》れたところでサラサラの茶髪《ちゃぱつ》の男子が推薦人《すいせんにん》の生徒と一緒に、道行く生徒たちに「おはようございます！」と爽《さわ》やかに挨拶《あいさつ》している。

「今回生徒会長に立候補した上杉です」

「上杉彗をよろしくお願いしまーす」

コスプレまがいのヒーロー部と違《ちが》って、もちろん普段着《ふだんぎ》……それも雑誌にでも載《の》ってそうなオシャレな私服姿。

「上杉君、頑張ってね～」

「一年で会長とかなれたらスゴいよね」

「私たち、絶対投票するから！」

「ありがとう、よろしくー」

「当選したらなんかおごれよ？」

「逆だろ！　オレにおごれ、焼肉。叙《じょ》●苑《えん》」

「たけーし！」

一年生っぽい男女、特に女子に次々に声を掛けられて、相変わらずの人気っぷり。

その時、びゅうっと強い風が吹《ふ》き、中村君が持っていたビラが大量に宙に舞《ま》い上がった。

「いかん！」

風に乗ったビラは上杉君たちの足元にヒラヒラと落下する。

「——どうぞ」

回収に向かった野田君たちに、上杉君は拾い上げてまとめたビラを微笑《ほほえ》みながら差し出した。

「すまない、悪戯《いたずら》な風の妖精《シルフ》の気まぐれを制御《せいぎょ》しきれなかった」

「ありがとな！　おれは今度生徒会長に立候補した野田大和だ。悔《く》いのない戦いをしよう！」

「あはは、1‐E、上杉彗です」

暑苦しく握手《あくしゅ》を求める野田君に、苦笑《くしょう》しながら答える上杉君。

「まさか野田先輩が立候補するなんて思いませんでした。知ってたらオレ、今年は出馬を見送ったのに」

「そうなのか？」

「先輩たちを知らない生徒なんて皆神にいないし。勝てるわけないじゃないですか。やだなー」

軽《かろ》やかに話しながら顔をしかめてみせる上杉君に、野田君は不思議そうに首を傾《かし》げた。

「……勝負はやってみなきゃわからないし、お前だって一年で選挙に出るくらい生徒会でやりたいことがあるんだろ？」

上杉君は少し目を見張ってから、「……まあ」と頷《うなず》く。

「お互《たが》いベストを尽くそうぜ！」

「ははっ、お手《て》柔《やわ》らかに」

☆★☆

いい天気だったので昼休みは中庭で、ヒーロー部員全員で集まってお昼を食べることにした。

「上杉彗、一年E組出席番号一番。桜原《さくらはら》中学出身。成績上位、バスケ部の一年レギュラー、明るく社交的でなんでもそつなくこなす優等生。入学以来付き合った人数は二人。現在は彼女なし……絵に描《か》いたようなリア充だね。素行調査の結果は以上だ」

そこまで話すと、九十九君はメモ帳のそのページをビリッと破って芝《しば》の上に放《ほう》り、ミネラルウォーターをかけた。

するとみるみるうちに文字が滲《にじ》み、紙がでろでろに溶《と》けていく。

「「「おおおおおおお」」」とどよめく部員一同に、得意げな笑《え》みを浮《う》かべる九十九君。

「超《ちょう》かっけー！」

「スパイ手帳というやつか!?」

「俺にも一枚くれ！」

みんな大興奮だけど、今の情報、抹消《まっしょう》する意味あった？

「仕方ない、一枚百円で分けてやろう」

「高っ」

「でも欲しい……！」

悩《なや》む男子たちにニヤニヤしていた九十九君だが、瞬間《しゆんかん》、彼のお弁当箱から卵焼きがひょいと抜《ぬ》き取られて「あー！」と悲鳴を上げる。

「こら二葉！　勝手に食うな！」

「……っ……零、お前、腕《うで》を上げたな」

もぐもぐと咀嚼《そしやく》していた厨君が驚いたように感想を漏《も》らすと、九十九君は嬉《うれ》しそうに頬《ほお》をゆるめた。

「そ、そう？」

「ああ。冷めてもなおこのふわふわ感、噛《か》んだ瞬間口内に広がる出汁《だし》の旨《うま》みと絶妙《ぜつみよう》な甘さ……見た目もパーフェクトじゃねーか」

「別にこれくらい、オレにとっては文字通り朝飯前だけど？」

最近知ったんだけど、実は九十九君はほぼ毎日ちびっこたちのお弁当を手作りしているそうだ……偉《えら》すぎる。

しかも凝《こ》り性《しよう》だから、定番メニューを中心にどんどん上達してるらしい。

料理が趣味《しゅみ》の厨君が感嘆《かんたん》するほどの腕前って……。

「私も食べてみたいな」

「パープル、おれもおれも！」

「オレも〜ってそうだ、兄貴に投票してくれたら九十九先輩《せんぱい》の卵焼き一本プレゼントってキャンペーンはどうっスか⁉」

「オレに何百回卵巻かせる気⁉　ま、買収は基本だが……」

「基本じゃないから！　失格になるよ」


「話を戻《もど》すけど、上杉のことで、虎や木下は何か情報はあるか？」

高嶋君の質問に、ふるふると首を横に振《ふ》る一年生ズ。

「名前は知ってたけど、あいつとはシマが違うし、話したこともないっスね」

「妾《わらわ》もあやつを認識《にんしき》したのは体育祭実行委員会が初めてじゃ。妾は友人はおろか知り合いすら極端《きょくたん》に少ないのでな」

莉夢ちゃん……そんな悲しいことをあっさり言わないで。

人当たりがいいし礼儀《れいぎ》正しいけど、なんとなく、よくわからない感じの人だ、上杉君。

「錬成《れんせい》！　じゃなくてご馳《ち》走様《そうさま》！　よし、昼の選挙運動行くぞ」

パンと両手を合わせてから、身軽に立ち上がる野田君。

「押《お》っ忍《す》！　じゃあ選挙カー持ってくるっス。すぐそこに停《と》めてるんで」

選挙カー？　と目を瞬《またた》いていたら、やがて虎之助君が『野田大和』というのぼり旗がくくりつけられたリヤカーを引いて登場した。

台車には赤い龍《りゅう》の絵や『仏恥《ぶっち》義理《ぎり》』『天上天下唯我《ゆいが》独尊《どくそん》』という文字が描き殴《なぐ》られ、ふちには電飾《でんしょく》やモール、持ち手にはラッパが付いていて、彼の愛用している改造自転車のリヤカーバージョンだ。

「さあ兄貴、竜翔院先輩も、乗ってくれ！　レッドドラゴン号だ！」

「すげー！　サンキュー、虎之助！」

「ドラゴンライドはおよそ二百年ぶりだな」

パフパフ～とラッパを鳴らしながら、二人が乗り込んだリヤカーを引いていく虎之助君。

「チーム皆神の頭《ヘッド》には野田大和！　漢《おとこ》の中の漢・野田大和を夜露死苦《よろしく》～！」

野田君と中村君は台車の上から道中《みちなか》の生徒たちに盛んに手を振り、残りの厨病《ちゅうびょう》ボーイズはその前、横、後ろで、いつのまにか用意していた紙吹雪《かみふぶき》を撒《ま》いて歩く。

……注目はされそうだけど、アホだ……。

やがて彼らは生徒の出入りが多い昇降《しょうこう》口の前へと到着《とうちゃく》した。

「皆神高校のみんな、昼食は腹いっぱい食べたか？　おれが会長になったらやりたいことをこれから話すから、良かったら聞いてほしい。おれの改革案は大きく分けて三つある」

マイクなしでも良く通る野田君の声に、校庭に出ていた生徒たちがなんだなんだと振り返る。公約の演説か……意外にちゃんとした選挙運動するんだね。

「一つ、朝修行《しゅぎょう》の導入による、戦闘《せんとう》力の強化！」

朝修行!?　そんな朝読書みたいに言われても……。

「毎朝HR《ホームルーム》前に二十分、全校生徒がそれぞれ筋トレや必殺技《ひっさつわざ》の鍛錬《たんれん》に励《はげ》む時間を作る。そのために生徒一人一人にぴったりのヒーロースーツをオーダーメイドし、支給する！」

自分が欲しいだけでしょ、ヒーロースーツ！

「更《さら》に日常生活でも知らず知らずのうちに足腰《あしこし》やバランス感覚を強化できるよう——廊下《ろうか》は全《すべ》てトランポリンにする！」

トランポリン⁉

そしてなんでちょっと溜《た》めて言ったの、とっておきのアイディアなの⁉

「二つ、……えーと、なんだったっけ」

傍《かたわ》らに控《ひか》えていた中村君が、耳元でぼそぼそと囁《ささや》く。

野田君はパッと顔を輝《かがや》かせてから、再び声を張り上げた。

「二つ、魔法《まほう》科の創設による、未知なる才能の覚醒《かくせい》！」

魔法科……これは中村君の入れ知恵《ぢえ》だな。横で会心の笑《え》みを浮かべてるし。

「全校生徒が専用の箒《ほうき》と杖《つえ》を所持。新学期には魔法帽《まほうぼう》によるクラス分けを行い、全寮制《ぜんりょうせい》も視野に入れる！」

あの有名ファンタジーの影響受けすぎだから！

「その際、一つの寮だけ贔屓《ひいき》したりはしないから安心しろ」

やめなさい!!

「三つ、校舎の大改造による、環境《かんきょう》の整備！」

絶対またとんでもないの造るつもりだ！

「あらゆる状況《じょうきょう》での戦闘に備えるため、草原、砂漠《さばく》、雪国、水中、地底、キノコ王国、沼地《ぬまち》、ジャングル、宇宙空間など様々な条件を備えた訓練場や、精神と時の部屋、地下には巨大《きょだい》ロボットの格納庫を造る！　いざとなったら校舎が真っ二つになってロボが発進！　操縦はおれで、司令室は生徒会室！　ロボを動かすエネルギーは全校生徒の情熱の炎《ほのお》だー！」

どんどんヒートアップして、最後は叫《さけ》びながら野田君が拳《こぶし》を突《つ》き上げたところで。

「いい加減にしてください！」

頬を真っ赤に染めたサイドテールの美少女が、怒《おこ》り顔で乱入してきた。アリスちゃん!?

「さっきから聞いていれば夢物語ばかり……生徒会は遊びではありませんことよ!?」

「おれたちは大真面目《おおまじめ》だぞ」

真顔で答える野田君にアリスちゃんはガーンとショックを受けた様子だったけれど、

「ならもう少し冷静に考えてくださいませ」とめげずに抗議《こうぎ》する。

「この皆神高校生徒会は、学校から自治を委《ゆだ》ねられ、実際に学内の設備や制度、イベントの運営等に大きな裁量を持っています。動かせる資金も巨額に上りますが、それは全てわたくしたちの保護者やOB・OGの方々が日々一生懸命《けんめい》働いて稼《かせ》いでくださったお金ですわ。軽率《けいそつ》に使用して良いものではありません！　お金の問題だけでなく、生徒会は学級・広報・美化・図書・放送・庶務《しょむ》・保健・体育祭実行・文化祭実行の各委員会と連携《れんけい》をとって、生徒たちが快適な学生生活を過ごせるよう気を配る必要があります。自分の趣味《しゅみ》嗜好《しこう》に偏《かたよ》った運営などもっての外！　ちゃんと責任を自覚して、もう一度生徒会活動について根本から学び、考え直すことを強くオススメしますわ！」

　そこまで一気に話し終え、ふうっとアリスちゃんが一息ついたところで、おお～と周りの生徒たちから感心したような唸《うな》り声と拍手《はくしゅ》が起こった。なんて真っ当な熱弁だ……！

　ハッと我に返ったアリスちゃんは、あわあわするように大きな瞳《ひとみ》を泳がせて真っ赤になると、「部外者が失礼いたしましたわ！」と野田君にお辞儀《じぎ》をし、小走りに校舎の中へ駆《か》け込んでいった。

☆★☆

「――よし、こんなもんかな」

　放課後、音楽室で花瓶《かびん》に活《い》けた花を見て、綺麗《きれい》にできたと自己満足に浸《ひた》る。

「終わった～。付き合ってくれてありがとう、アリスちゃん」

「お疲《つか》れ様です。やっぱりお花があると空間が華《はな》やぎますわね」

校内のトイレや特別教室に花を飾《かざ》って回る美化委員の仕事を終えて、ぐっと伸《の》びをしながら廊下を歩く。

「これからヒーロー部に行きますの？」

「うん。アリスちゃんも一緒《いっしょ》に来る？」

私の誘《さそ》いに、アリスちゃんは嬉《うれ》しそうな顔をしたけれど、すぐに何かを思い出したようにしゅんと眉《まゆ》を下げた。

「……わたくし、自分は選挙から逃《に》げたくせに野田君たちに偉《えら》そうに言ってしまって、恥《は》ずかしいですわ……」

「そんな、気にする必要ないよ。むしろもっと言ってあげて！　――って、んん？」

なんとなく気配を感じて振《ふ》り返ると、ロッカーの陰《かげ》に赤白帽がサッと引っ込んだ。


「野田君、また尾行《びこう》の特訓？」

「ああ。流石《さすが》ピンク、こんなに早く気付くとはな」

声を掛《か》けると、野田君と高嶋君が姿を現す。

「選挙ポスターを貼《は》って回ってたんだけど、お前らが音楽室から出てくるのを見て、大和が『隠《かく》れろ！』って」

　高嶋君が持っているポスターには、『OK, Good Condition！　野田大和』という文字と共に目や鼻の位置が歪《ゆが》んで斬新《ざんしん》に着色された似顔絵（推定）が描《えが》かれていた。

「グリーンの力作だ！」

「インパクトはあるね。オーケー、いい調子……？」

「快調と会長をかけたアメリカンジョークだな」

「しょーもない！」

「もう明日《あした》が投票日ですのに、今からポスターを貼るんですの？」

「刷り上がったのがついさっきだからな～。立候補を思い立ったのは二日前だし」

「本当に突発《とっぱつ》的な出馬だよね……ポスターは、それが最後の一枚？」

「ああ。この先に貼り忘れてたのに気づいて、戻《もど》ってきたんだ」

「シッ、ここから先は敵のテリトリーだ。私語厳禁、物音を殺して潜入《せんにゅう》するぞ」

　また勝手な設定を作って、つま先立ちになるや、「さささささっ」と囁きながら無駄《むだ》に斜《なな》め走りして左右の壁《かべ》に交互《こうご》に張り付きながら進んでいく野田君。

私たちは苦笑《くしょう》しながらゆっくり廊下《ろうか》を歩いて行ったのだけど、曲がり角に着いた野田君が、向こうをのぞき込んだかと思うと、パッとこちらを振り返った。

人差し指を唇《くちびる》に当てて、手招き。――何事？

私たちもそっと角からのぞいてみると、掲示板《けいじばん》の前で上杉君が、先ほど貼ったばかりだろう野田君のポスターを見ていた――と思った瞬間《しゅんかん》、彼の手がビリッとポスターを引き裂《さ》いたから目を疑った。

「「「……！」」」

上杉君は破り取ったポスターをそのまま床《ゆか》に捨てると、何気なくこちらに顔を向け、言葉を失う私たちに気付いてビクッと体を弾《はじ》かせる。

「上杉、何してるんだよ」

野田君が硬《かた》い声で問いかけると、一瞬気まずそうに顔をしかめたけれど、やがて開き直ったように顎《あご》を上げ、薄笑《うすわら》いを浮《う》かべた。

「先輩《せんぱい》、本気で生徒会長になるつもりなんですか？」

今までの愛想《あいそ》のいい彼とはまるで別人の、こちらを見下した態度。

「当たり前だろう」

「好意的に見える人たちだって、おもしろがってるだけですよ？　本気で投票しようなんて思ってない。先輩たちの〈重度の厨二《ちゅうに》っぷりを〉知らない生徒なんて皆神にいないし。〈先輩たちが〉勝てるわけないじゃないですか。やだなー」

朝の台詞《せりふ》内容の真意を、おちょくるような口調で明かしたかと思うと、すうっと冷たい表情になり、忌《い》ま忌まし気に言い放つ。

「やること為《な》すこと、痛すぎる。目障《めざわ》りなんだよ！」

「…………！」

むき出しの悪意をぶつけられ、全身に鳥肌《とりはだ》が立った。

「……おれたちを嫌《きら》うのはお前の勝手だが、陰でポスターを破るのは卑怯《ひきょう》だ。お前だって、理想があって生徒会長に立候補したんだろう？」

ゆるぎない瞳で問う野田君に、上杉君はフッとシニカルな笑《え》みを向ける。

「別に……生徒会長の経歴は指定校推薦《すいせん》に有利だからってだけだし。そもそも、今年は当選する気なんてなくて、来年への布石のつもりだった」

「布石……？」

「二年連続立候補となると、やる気があると思ってもらえるし、単純接触《せっしょく》効果も期待できる。いち早く名乗りを上げることで未来の候補者への牽制《けんせい》にもなる。今年は生徒会経験者の西園寺先輩が勝つと思ったし、一年なら負けて当然だから、プライドも傷つかない……って想定してたんだけど」

そこまで話すと、上杉君はアリスちゃんに視線を向けた。

「西園寺先輩が辞退したって噂《うわさ》を聞いたんだけど、本当ですか？」

「……事実ですわ」

警戒《けいかい》しながらもアリスちゃんが肯定《こうてい》すると、上杉君は「マジか……」とがっくりと首《こうべ》を垂れた。

「一年で会長とか、絶対舐《な》めてくる奴《やつ》いるし。めんどくさ……」

この人、野田君相手なら絶対勝つって確信してるんだ。

「黙《だま》って聞いてれば、好き勝手言いやがって……やる気がないならお前も辞退すればいいだろ。お前みたいな奴に会長やられたんじゃ、迷惑《めいわく》だ」

憤《いきどお》りを滲《にじ》ませた高嶋君の言葉に、上杉君は「はあ？」と呆《あき》れたように眉を上げる。

「先輩たちみたいな痛い人たちが生徒会やる方が大迷惑だし、皆神の恥《はじ》でしょ。オレは会長になるからには最低限の仕事はするし、上手《うま》くさばく自信がある。やる気だけある無能よりは、消極的でも有能なリーダーの方が組織のためになると思いますけど？」

隣《となり》で、アリスちゃんがハッと息をのんだ。

「自分のことばっか考えてる奴がリーダーに相応《ふさわ》しいはずないだろ」

「そっちだって自分がやりたいことやってるだけじゃないか!!」

突然《とつぜん》、激情的に怒鳴《どな》られてビックリしたけれど、直後、当の上杉君の顔にも戸惑《とまど》うような色がよぎる。

だがすぐにまた冷たい笑みを浮かべて、私たちを見回した。

「――学校のため？　みんなのため？　そんなの偽善《ぎぜん》だ。『ヒーロー部』の存在自体が幼《よう》稚《ち》な偽善そのもので虫唾《むしず》が走る。ヒーローごっこして、自分に酔《よ》ってるだけだろ」

「なんだと……！」

「待て、智樹！」

カッと赤くなって飛び出そうとした高嶋君の腕《うで》をつかんで引き留めると、野田君は睨《にら》みつけてくる一年生に、良く通る声で告げた。

「上杉、おれが会長になりたいのは、別にみんなのためじゃないぞ」

眉《まゆ》をひそめる上杉君をまっすぐ見つめながら、野田君はきっぱりと言う。

「おれは皆神が好きだから、もっと楽しい場所にしたい。おれがやったことでみんなが喜ぶと嬉《うれ》しいから、会長になりたい。おれはおれのために、会長になりたい！　ヒーロー部だってそうだ。誰《だれ》かを助けられるヒーローはカッコいい、おれはカッコいい男になりたいから、ヒーロー部を創《つく》った！」

「…………」

野田《のだ》

「推薦入学のために生徒会長を目指すのだって、いいと思うぜ。お前もおれも、やりたいことをやればいい。どっちが会長に相応しいかは、投票で決まる……だから、正々堂々戦おうぜ」

上杉君は険しい面持《おもも》ちのまま少し黙ってから、「そういうところが寒いんだよ」と吐《は》き捨てて、去っていった。

☆★☆

「この戦い、ますます負けられなくなった。みんな、おれに力を貸してくれ！」

部室に行くなり、そう頼《たの》み込んだ野田君に、集まっていた部員たちは何事かと目を丸くする。

私が今さっきあった出来事を説明すると、みんなの表情も流石《さすが》にこわばった。

……上杉君の敵意に満ちた眼差《まなざ》しが脳裏《のうり》に突《つ》き刺《さ》さって、離《はな》れない……。

「それで、新たにどういう公約を打ち出すかだが、おれにはもう、敵の襲撃《しゅうげき》に備えて校舎をバリアで守護するくらいしか……！」

野田君が真顔でボケるので、ズッコケそうになった。

さっき上杉君にビシッと宣言した時はカッコ良かったのに！

「案ずるな、野田大和。これを見せれば、全校の過半数の得票は固い」

そう言いながら中村君が出したのは、サグラダ・ファミリアみたいな教会だかお城だかが描《えが》かれた絵。

「魔法《まほう》科の学舎の完成予想図だ」

完成は何十年後なの⁉

「普通科《ふつうか》の学舎もカーテンは全《すべ》てビロードにしたいのう。廊下《ろうか》には赤絨毯《じゅうたん》。学食の食器《カトラリー》は銀でそろえ、グラスはワイングラスかゴブレット……」

「中村君も莉夢ちゃんも、その予算はどこから出すつもり⁉」

「わかった、校歌を『アイライブ！』メドレーにする！」

「踊《おど》りながら抗争《こうそう》する近未来に備えてヒップホップを必修にするってのはどうスか⁉」

「それで多数派の支持が得られると⁉」

「テスト全廃《ぜんぱい》」

「午前中《モーニング》の授業の廃止《はいし》」

「貴方《あなた》たちまで悪ノリしないで！」

はあ……どこまでもシリアスを持続できない人たちだ、と呆れていたら、野田君がニコニコしながら言った。

「良かった、ピンクが元気になった！」

「え……」

言われてみたら、ツッコみまくったおかげで、モヤモヤしてたのは吹《ふ》き飛んだかも。

「ああいうの、聖たちは免疫《めんえき》なさそうだもんな……西園寺は、まだショック？」

「だ、大丈夫《だいじょうぶ》ですわ！」

高嶋君から気遣《きづか》うような視線を向けられて、一緒《いっしょ》に部室に来ていたアリスちゃんは、赤面しながらツンとそっぽを向いた。

「それにしても、上杉の裏の顔《アナザー・フェイス》か……俺たちをそんなに嫌《きら》ってるんなら、『ヒーロー部に生徒会をやってほしい』って投書したのは、上杉だった可能性もあるな」

厨君の指摘《してき》に、一同、キョトンとする。どういうこと？

「最初からヒーロー部は勝ち目がないと踏《ふ》んだ上で、選挙に出させて惨敗《ざんぱい》させて、恥《はじ》をかかせてやろうって目論見《スキーム》、とか」

……なるほど、今のこの人たちの様子を見ても、到底《とうてい》当選するとは思えないしな。

でも、陥《おとしい》れることが目的って、えげつない……。

「恥をかかせる……？　負けるのは悔《くや》しいけど、正々堂々戦った結果なら、恥《は》ずかしいことなんてないだろ」

不思議そうに首を傾《かし》げた野田君に、厨君は目を瞬《またた》いてから、フッと頬《ほお》をゆるめた。

「ああ。でもお前みたいに、全く人目を気にしないで生きられる奴《やつ》はそういないんだよ」

「……上杉君じゃない気がするけどな。あの人はヒーロー部を見るのも嫌《いや》って感じだったから。同じ候補者だと嫌でも目に入るでしょ？」

「ふむ、わざわざ自分と同じ土俵に上げるような真似《まね》はせぬやもしれぬと……ならば、上杉彗以外に、妾《わらわ》たちを敵視する者の仕業《しわざ》か？　どこの馬の骨か知らぬが、魔王に盾突《たてつ》こうなど、愚《おろ》かな……」

私の言葉に同意を示してから、ククッと喉《のど》を鳴らす莉夢ちゃん。

「上杉の実態を知ってる奴が、上杉が会長になるのを阻止《そし》したくてオレたちに依頼《いらい》した――ってセンはないっスか？」

腕組《うでぐ》みしながら、そんな案を出したのは虎之助君だ。おお、それはまた大分プラス思考！

「こういう時の発想って、性格が出るよね」

「喧嘩《けんか》売ってんのか、零？」

「投書した者にどのような思惑《おもわく》があったにせよ、俺たちが遂行《すいこう》すべきミッションはただ一つ……」

クイッと眼鏡のブリッジを上げた中村君に、「ああ！」と野田君は拳《こぶし》を握《にぎ》る。

「選挙に勝って、生徒会長になる！」

「……わたくし……」

みんなで頷《うなず》き合ったところで、アリスちゃんがためらいがちに話し出した。

「選挙の公示の前日、葵お姉さまが芳佳お姉さまに『アリスは相応《ふさわ》しくない』ってお話しになっているのを、たまたま聞いてしまったんですの」

「え……!?」

アリスちゃんが突然《とつぜん》辞退するって言ったのは、そんな事情があったんだ。

ミスが続いている時に憧《あこが》れの人にそんなことを言われたら、確かに自信を無くしちゃうかも……。

「ですから上杉君が『やる気だけある無能よりは、消極的でも有能なリーダーの方が組織のためになる』って言った時、勝手にショックを受けたんです……あの時の葵お姉さまの言葉を思い出して。正論だと思いました。……でも」

そこでアリスちゃんは顔を上げ、野田君を見つめた。

「野田君が『皆神が好きだから、もっと楽しい場所にしたい』って言ったでしょう？　それを聞いて、やっぱり会長は野田君になってほしいと思いましたわ。その理念があるなら、時に暴走することはあっても、きっと生徒を第一に考えて、学校のために頑張《がんば》ってくださるはずです。――そして、もし野田君が会長に当選された暁《あかつき》には、わたくしも生徒会に入れてくださいませんか？」

「ああ、大歓迎《だいかんげい》だ！　でも、会長じゃなくてもいいのか？」

「ええ」

アリスちゃんははっきり頷き、迷いの消えた瞳《ひとみ》で言葉を継《つ》ぐ。

「わたくしがなりたかったのは『生徒会長』という役職ではなくて、葵お姉さまみたいに理想を持って学校の発展に尽《つ》くし、行動できる人だったんですわ」


それからアリスちゃんは、「演説の参考になれば……」とこの一年では手が回らなかった学校の問題点やその改善案、チャレンジしたいこと等を色々と話してくれた。

それは、今までどれほど生徒会活動に真摯《しんし》に取り組んでいたかがひしひしと伝わってくる熱心さで……今更《いまさら》言っても仕方ないことだけど、どうしても、思ってしまった。


アリスちゃんが会長をやってくれたら一番よかったのに……。

☆★☆

『――以上で、上杉彗君の応援《おうえん》演説を終わります』

上杉君のクラスメートだという推薦人《すいせんにん》は、彼の文武両道な優秀《ゆうしゅう》さと機転の速さ、人気の高さをアピールして、壇上《だんじょう》を下りた。

『続いて、会長立候補者の上杉彗君、お願いします』

選挙管理委員のアナウンスが流れ、背筋の伸《の》びたサラサラの茶髪《ちゃぱつ》の男子が、颯爽《さっそう》と舞台《ぶたい》に登場する。

爽《さわ》やかな笑《え》みを浮《う》かべて、体育館に集まった生徒たちを見回しながら、落ち着いた声音《こわね》で話し始めた。

『皆《みな》さんこんにちは、一年E組上杉彗です。一年生なのに会長に立候補するなんて、生意気だ、と思われる方もいらっしゃるかもしれません。でも、思い立ったが吉日《きちじつ》っていうでしょう？　作家の村上春樹《むらかみはるき》はある日野球場で突然〈そうだ、小説を書いてみよう〉と思って、それまで全く書いたことのなかった小説を書き上げて、それがデビュー作になったそうです。ハルキを気取るわけではありませんが、僕はバスケ部の練習中でした。フリースローをしようとボールを構えたところで、〈そうだ、生徒会長になってみよう〉ってポンと浮かんで……単なる思い付きじゃないかって？　違《ちが》いますよ、これは〈啓示《けいじ》〉ってやつです』
冗談《じょうだん》めかして言う上杉君に、生徒たちから笑いが零《こぼ》れる。
上杉君、しゃべるの上手《うま》いな……メリハリがあって滑《なめ》らかで、意表を突《つ》く話運びと時折見せる茶目《ちゃめ》っ気ある表情も相まって、つい耳を傾《かたむ》けたくなる。
それにしても、本当は指定校推薦狙《ねら》いの二か年計画という、思い付きとは対極の立候補なのに、よくペラペラとこんな話が出てくるもんだ……。

『じゃあ生徒会長になって何をするか？　任期の一年間なんてあっという間です。派手な公約や改革を打ち出したところで、ほぼ実現不可能でしょう。ただ、学校生活を送っている中で、みんな小さな不満は持っていると思います。僕がパッと思いつくのはトレーニングルームの予約システムが不便なのと、購買《こうばい》部のパンの種類が少ないことですね。そういう些細《ささい》だけど現実的な問題を、生徒一人一人の声を聞きながら少しずつでも改善していければと思います』

うんうん、と頷いている生徒が何人もいた。

ぶっ飛んだ理想を掲《かか》げる野田君とはまさに対極の、実感を伴《ともな》ったスマートな公約だ。

『もちろん、僕が皆神高校の一番の魅力《みりょく》だと思う自由な校風はそのままに、体育祭や文化祭などのイベントには大いに力を入れて盛り上げるつもりです。演説は以上です。イイね！　と思ってくださった方は、是非《ぜひ》上杉彗に清き一票を！　よろしくお願いします』

沸《わ》き起こった大きな拍手《はくしゅ》を背に、悠然《ゆうぜん》と立ち去る上杉君。これはなかなか、強敵だ……。

『次は、野田大和君の応援演説です。中村和博君。お願いします』

名前を呼ばれ、壇上に進んでいく中村君の足取りに、乱れはない。

表情も冷静沈着《ちんちゃく》で、今の上杉君の巧《たく》みな演説を聞いても、ひるんだりはしていないようだ。

さすが究極のマイペースだけど、そのマイペースが今日は吉と出るか凶《きょう》と出るか……。

『生徒会長候補・野田大和の推薦人、中村和博だ』

――良かった、今日は『竜翔院凍牙』は名乗らないでって頼《たの》んでたの、守ってくれた！

『野田大和は、正義感に満ちた熱い男だ。どんな闇《やみ》の世界が訪《おとず》れても、己《おのれ》の理想の光へと不屈《ふくつ》の精神で突き進むことのできる男だ。会長となった暁には、きっとこのアカデミーを、より善き道へと導いてくれると保証しよう……』

言い回しはいつもの中村君節だけど、ちゃんと野田君のいいところを話してくれてる。

この調子なら……とホッとしたのもつかの間。

『与《あた》えられた僅《わず》かな時間で、いかにこの男の持つ情熱を伝えるか……俺は、芸術こそ言語を超《こ》えた最高の伝達手段だと考える。そこで、これから野田大和を音楽で表現しようと思う。聴《き》いてくれ――〈暁の勇者〉』

中村君はそう言うと舞台の端《はし》に置かれたピアノの前へ移動し、椅子《いす》に座ると、ジャジャーンと鍵盤《けんばん》を叩《たた》き始めた。

え、これ、中村君が作曲したの？　野田君をモチーフにした即興《そっきょう》演奏!?

すごい、すごいけど……

演説をしろー！！！

しかも中村君は例によって演奏しているうちに熱が入ってしまったらしく、演説時間終了《しゅうりょう》の「ビーッ」という音が鳴ってもピアノを弾《ひ》き続けていたので、出てきた先生たちに無理やり引きずられて退場させられた。……つら……。

『つ、続いて、生徒会長立候補者の野田大和君です』

野田君は事前にアリスちゃんから、演説に臨《のぞ》む際の心得をアドバイスされていた。

――「聴衆《ちょうしゅう》にやる気と自信を示すと同時に自分を奮い立たせるため、まずは背筋を伸ばし、足を大きく一歩踏《ふ》み出します」

「よし、いくぞ！」

野田君は舞台袖《そで》から勢いよく第一歩を踏み出し――勢いあまってホップ・ステップ・ジャ～ンプして空中で体を捻《ひね》って演台の前に着地した。

うおお……とどよめく生徒たち。踏み込みに力を入れすぎだよ！

――「大切なのは〈誠意〉ですわ。生徒たち一人一人に、野田君の〈誠意〉が届くようにお話ししてください」

野田君はピンと背筋を伸ばし、腰《こし》の両脇《りょうわき》で両手をグッと握《にぎ》りしめながら、まるで空手の掛《か》け声のように威勢《いせい》よく叫《さけ》ぶ。

「せいい！」

違う、そうじゃない……！

『みんなー、学校は楽しいかー!?』

野田君の大声がマイクを通して響《ひび》き渡《わた》ると、一部のノリのいい生徒たちが「おおー！」と返した。学校の選挙演説でコール＆レスポンス……!?

この否応《いやおう》なしに場の空気を変える力は、純粋《じゅんすい》にすごいと思う。

『おれはすげー楽しい！　毎日ワクワクしてるし、やりたいことがいっぱいある！　だが、中にはそうじゃない奴《やつ》もいるらしい。おれは、この学校の全員が、笑顔《えがお》でいられる学校を作りたい！　方法はこれから考える！』

……最後の一言は余計だ！

『困ったことがあればなんでも相談してくれ！　絶対になんとかしてみせる。一人一人は無力でも、みんなの力が集まれば、不可能なんてない。みんなで力を合わせて、皆神を日本一、いや銀河一の高校にしようぜー！』

うん、熱量はピカ一。野田君らしさはよく出てるけど……。

『せいい！』

いやまだそれ言うの!?

『おれは長い話は苦手だ。眠《ねむ》くなるからな！　だから演説も、これで終わりにする。おれのハートにはもう火がついている。エンジンフル稼働《かどう》、いつでも発射オーライだ！　投票よろしく頼むぜ！　せいいい！』

野田君は気合の叫びとともに演説を終え、壇上《だんじょう》を後にした。

「すみません……わたくしが余計なことを言ったばかりに……」

「アリスちゃんは悪くない、全然悪くないよ……」

舞《ぶ》台《たい》を見上げながら青い顔で謝るアリスちゃんに、首を振《ふ》りながら言い聞かせていたところ——


『次は、西園寺アリスさんの応援《おうえん》演説です』

そんなアナウンスが館内に響き渡った。

「どうして……!?」

目を白黒させるアリスちゃんに、「西園寺、これ」と高嶋君がポケットから一枚の紙を取り出す。

「……わたくしの、辞退届!?」

「実はあの日、選挙管理委員の友達に先回りして頼んでたんだ。『もし西園寺が辞退届を持ってきたら、受理する前に一度推薦人《すいせんにん》である俺に回してくれ』って。——どうせ辞退はいつでもできるから」

私たちヒーロー部員も、つい昨日の部活の後、高嶋君にもう一度招集されて打ち明けられた事実だった。

『うちの部、嘘《うそ》が苦手な奴が多いだろ……そのせいで西園寺にまでバレたらまずいから、今まで黙《だま》ってたんだ。ごめん！』

「西園寺が本当にやる気をなくしたようなら、この紙は再提出しようと思ってたけど、俺にはそうは見えなかった。でも、西園寺は頑固《がんこ》だから、本当の気持ちを聞くならこのギリギリの土《ど》壇場《たんば》しかないと思って。——お前は、本当はどうしたい？」

「…………！」

『高嶋智樹君？　壇上に出てきてください』

「すみません、もう少しだけ待ってください！」

全校生徒に聞こえるように大声で返事をしてから、アリスちゃんを見つめる高嶋君。

「わたくしは……っ……」

言いよどむアリスちゃんに、「西園寺さん」と呼びかけたのは、いつの間にか近くに来ていた景野君だった。

「君は確かにドジなところもあるけど、自分が思ってるより遥《はる》かに有能だよ。それに……」

黒ぶち眼鏡のレンズ越《ご》しにアリスちゃんを見つめながら、淡々《たんたん》と言葉を継《つ》ぐ。

「仮に君がミスしても、僕がフォローすればいいだけでしょ」

「……景野……！」

今期いっぱいで生徒会を離れる、と言っていた彼のまさかの発言に、瞳《ひとみ》を見張るアリスちゃん。

壇上から戻《もど》ってきた野田君も、「西園寺」と語り掛ける。

「ウルトラマンメビウスでも言っていた、『はじめは誰《だれ》もヒーローじゃない』。だんだん理想に近づいていけばいい。やりたいと思ったなら、やってみようぜ！」

「野田君……」

「アリスちゃんなら、できるよ」

私も、アリスちゃんの両手をぎゅっと握って、告げた。

「『まずは背筋を伸《の》ばし、足を大きく一歩踏《ふ》み出します』」

「あ……」

「それと、せいい！　だな！」

「ちょっと黙っててくれるかな？」

私たちのやりとりにアリスちゃんはくすくすっと頬《ほお》をほころばせてから、背筋をピンと伸ばして、言った。

「――ありがとうございます。わたくし、挑戦《ちょうせん》したいです……！」

「よし、行くぞ！」

☆★☆

二人は一緒《いっしょ》に壇上へと向かい、まずは高嶋君が、演台の前へ進み出た。

アリスちゃんは舞台の端《はし》で見守る形だ。

待ち時間が長かったため、生徒たちの集中はすっかり切れて、体育館内はざわざわしている……。

『大変お待たせしました、高嶋智樹です。実は俺、昨日までは野田大和君の応援をしてたんですけど、すみません……俺』

そこで高嶋君は、すうっと息を吸い込むと、力強く言い放った。

『推《お》し変します!!!』

「「「「「……!?　……」」」」」

突拍子《とっぴょうし》もない発言に、ポカンとする全校生徒。

一気に静かになった会場に、高嶋君の心地《ここち》いい中低音だけが響《ひび》き始める。

『大和は幼稚園《ようちえん》からの幼馴染《おさななじみ》で良く知ってるし、すげーいい奴《やつ》です。信頼《しんらい》してます。だけど俺、高嶋智樹は、西園寺アリスさんを生徒会長に推薦します！　――別に空良ちゃんに似てるからじゃないですよ？』

少しトーンを変えて付け加えた言葉に、どっと笑いが起こった。

彼の空良ちゃん愛を知らない生徒は、もはや皆神にはいないからね。


『俺が西園寺さんを推薦するのは、立候補者の中で一番深く生徒会のことを理解して、誰より学校のことを真剣《しんけん》に考えているのは、西園寺さんだと思ったからです。この一年間、生徒会の書記として各委員会や部活動とのやりとりに奔走《ほんそう》していた姿を知っている人も多いでしょう。先日の体育祭も、実行委員会の先頭に立って準備を進めてくれました……そうそう、今年マスゲームがなくなったのは、彼女の提案のおかげなんですよ。あの誰得種目を廃止《はいし》したのは、ノーベル賞級の功績じゃないでしょうか？　陰《かげ》のＭＶＰですよ！』

そうなんだ？　と感心するような囁《ささや》き声や、共感の笑い声が聞こえてくる。

ユーモアを交えた彼の熱弁に、聴衆《ちょうしゅう》が引き込まれているのが、肌《はだ》でわかった。

『他《ほか》にも大型パネルの設置など、現生徒会は、革新的な試みを多々導入しています。先ほど話題に上がった購買《こうばい》部のパンの種類も、実はもう上層部に掛《か》け合い済みで、来月から毎月、新作が二種類入れ替《か》わることが決定しているそうです』

おお……と聴衆から感嘆《かんたん》が漏《も》れた。

これは昨日アリスちゃんから聞いたばかりのネタだ。

『西園寺さんには、アイディアを実現する行動力と責任感があります。それを裏付ける確かな実績があり、生徒会活動への熱意があります。これまでの伝統を引き継ぎながら、より良い皆神へと発展させてくれるのは、西園寺アリスです。皆《みな》さん、どうか西園寺アリスを新曲のセンターに……もとい新生徒会の会長に、何卒《なにとぞ》よろしくお願いします！』

高嶋君がそう演説を締《し》めると、会場は笑いと拍手《はくしゅ》に包まれた。

高嶋君、やってくれたね……！

『続きまして、生徒会長立候補者の西園寺アリスさんです』

アナウンスを受けて、アリスちゃんは顔を上げ、凜々《りり》しい表情で舞台《ぶたい》中央の演台へと進んでいく。

『こんにちは、西園寺アリスです。――わたくしは幼い頃《ころ》からずっと体が弱くて、高一の一学期まではほとんど学校に行けませんでした。夏休みに手術に成功して、それからはすっかり元気になったのですが、そんな理由から実は去年の体育祭が、人生で初めて参加した体育祭でした。――ものすごい熱気と盛り上がりで、学校ってこんなに楽しいところだったんだって、感激しましたわ』

頬を染め、熱を込めて話すアリスちゃんの様子から、その時の感動が伝わる気がした。

『その後に開催《かいさい》された文化祭も、たくさんの模擬《もぎ》店や力の入った出し物で溢《あふ》れて、みんな笑顔《えがお》で……その成功に、生徒会として寄与《きよ》することができて、大きな喜びを感じたんです。同時に、朝篠宮会長が、イベントの成功やより快適な学校生活を目指して献身《けんしん》されている姿を見て、尊敬と憧《あこが》れを抱《いだ》きました』

原稿《げんこう》を用意していたわけではないアリスちゃんの言葉は、考え考え、ゆっくりと紡《つむ》ぎだされていたけれど、まさしく〈誠意〉がこもっていた。

『皆神高校の生徒会長の裁量の大きさや仕事量は、並大抵《なみたいてい》のものではありません。わたくしは一年間、その現実を書記として目の当《ま》たりにし、生徒会長に立候補しつつもその責任の重さにひるんで、辞退しようかと考えていました。けれど、いざ生徒会を離《はな》れると思うと、やり残したことやりたかったことがいくつも頭に浮《う》かんで……やっぱり、チャンスをいただけるなら、チャレンジしたいと思いました。生徒会の目安箱に届く意見には全《すべ》て目を通し、不満は順次解決していくつもりです。その上で、わたくしの一番の野望は──』

全校生徒を見渡《みわた》して、鈴《すず》を鳴らしたような澄《す》んだ声音《こわね》で、宣言する。


『文化祭を二日間にすることです』

一瞬《いっしゅん》の静寂《せいじゃく》の後、「「「おお……！」」」と全校生徒が沸《わ》いた。

このアイディアは昨日部室で聞いた私たちも、ビックリしたんだよね。

実現したら嬉《うれ》しいけど、そんなことできるの!?　って……。

『皆神高校の文化祭は、皆さんご存じの通り、例年はわずか一日のみの開催です。しかし、歴史を辿《たど》れば二日間開催していた時期もあり、わたくしは調整次第《しだい》で戻《もど》すことも可能だと考えております。もちろん、生徒の皆さんの賛否に照らした上での施策《しさく》となりますが……あんなに楽しいイベントを一日だけで終わらせるのは勿体《もったい》ないと思いませんか？』

　パチパチパチパチパチ……と大きな拍手が起こる。

『これは決して思い付きではなく、密《ひそ》かに去年の文化祭の後から先生方への交渉《こうしょう》を進めておりました。もしわたくし以外の人が生徒会長になった場合は、その方に計画を全てお譲《ゆず》りするつもりです。ただ、大きく負担が増すことになるので、新生徒会長がそれを好まないならば却下《きゃっか》されて当然ですし、できれば、わたくし自身が会長となって、最後までやり遂《と》げたいのです』

　切々と訴《うった》えるアリスちゃんに、熱い眼差《まなざ》しを注ぐ聴衆。

　これは間違《まちが》いなく、役員としての仕事を積み上げてきた彼女だからこそできる公約だ。

『わたくしは、朝篠宮会長のような非の打ちどころのない会長にはなれません。けれど、支えてくれるという友人の力を借りて、生徒皆さんの意見に耳を澄まし、皆神をもっと素《す》敵《てき》な場所にできるよう精一杯頑張《せいいっぱいがんば》りたいです』

　そしてアリスちゃんは、はにかむような笑みを浮かべて、言った。

『……この学校が、大好きなので』

〜〜〜天使かよ！　と悶《もだ》えたくなるような、必殺の一言だった。

誰《だれ》かが「アリス！　アリス！」と手拍子《てびょうし》とともに叫《さけ》び始め、いつしか男女問わず巻き起こるシュプレヒコール。

「「「「アリス！　アリス！　アリス！　アリス！　……」」」」

うちの学校、本当にノリいいなあ……。

☆★☆

その日の放課後に告示された選挙結果は、上杉彗……１１６票、野田大和……５１票、西園寺アリス……３７４票。

アリスちゃんの圧勝だった。——野田君、５１票も入ったの!?

「やったな、西園寺」

廊下《ろうか》に張り出された選挙結果を見上げて、ぽーっとしたように立ち尽《つ》くしていたアリスちゃんは、呼びかけられてハッと振《ふ》り返る。

高嶋君が片手を掲《かか》げているのを見て、大きな翠《みどり》の目を見張ってから……「はい！」と笑顔でハイタッチを交《か》わした。アリスちゃん、おめでとう！


「くっ……聴衆に音楽で伝えるというのは、高度過ぎたか……」

「今回は完敗だな。おめでとう、西園寺！」

「野田君たちのおかげですわ……本当に、ありがとうございます」

みんなで良かった良かったと喜んでいたら、朝篠宮会長と宝塚副会長から声を掛《か》けられた。

「当選おめでとう、アリス」

「すごくいい演説だったよ」

「ありがとうございます。葵お姉さま、芳佳お姉さま……」

アリスちゃんは少しためらってから、意を決したように二人を見つめて、告げる。

「わたくし、今はまだ会長の器《うつわ》ではないかもしれませんが、精一杯頑張りますわ。いつかお姉さまたちにも認めていただけるように……」

思いつめたようなアリスちゃんの言葉に、朝篠宮会長たちは不思議そうに互《たが》いの顔を見合わせてから、言った。

「私たちは貴方《あなた》が会長になることに、何も心配してないわよ？」

「お気遣《きづか》いは無用ですわ。わたくし、聞いてしまったんです。お姉さまたちが生徒会室で、『アリスは相応《ふさわ》しくない』と話してらっしゃったのを……ですから、駄目《だめ》なところは是非《ぜひ》ご指導いただければ幸いですわ」

「……？　……そんな会話した覚えはないけど、いつのこと？　本当に『生徒会長にアリスは相応しくない』って言ってた？」

キョトンとした様子で宝塚副会長に尋《たず》ねられ、アリスちゃんは目をパチパチと瞬《またた》かせる。

「はっきりとは聞こえなかったのですが、他《ほか》に『選挙』という単語が聞こえたので……三日前のことですわ」

「三日前……もしかして、選挙管理委員への、選挙後の差し入れの話をしていたかしら」

野田

眉《まゆ》をひそめながらの朝篠宮会長の言葉に、宝塚副会長が「ああ！　あれですか……」と両手を打ってから、あははは、と笑い出した。

「アリス、あれはね、差し入れに『アイスは相応しくない』って言ってたんだよ。溶《と》けちゃうといけないからね」

「アイス!?」

ギョッと目を見張るアリスちゃんに、くくく……と体を震《ふる》わせる宝塚副会長。

……まさか、アイスとアリスの聞き間違いだったなんて……アリスちゃん！！！

「アリス……貴方のそのそそっかしいところは、確かに不安要素ではあるわね」

手で額を押さえながらふうっと吐息《といき》を漏《も》らす朝篠宮会長に、「申し訳ありません！」と恐縮《きょうしゅく》するアリスちゃん……まあ、勘違《かんちが》いで何よりでした。

「——私は次期生徒会を任せるのは、アリスしかいないと思っていたわ」

「うん、アリスが葵さまの後任を引き受けてくれて、嬉しいよ」

二人から笑顔《えがお》で祝福されて、アリスちゃんも感激に頬《ほお》を紅潮させながら「ありがとうございます……！」と満面の笑みを浮《う》かべた。

「それにしても、ヒーロー部に『生徒会長になってほしい』って投書をした奴《やつ》の正体は、結局わからずじまいか……」

「あ、それは僕だよ」

九十九君が口にした疑問に、すかさず手を挙げたのは——景野君だった。

「景野が!?」

「どうして!?」

「西園寺さんがミスをして自信を無くしてたからさ。ヒーロー部が選挙に出てくれたら、きっとハチャメチャな選挙運動をするだろう？　それを見たら、会長を重く考えすぎてる西園寺さんも気が楽になって、同時にこの人たちには任せておけないから自分が何とかしなきゃって奮起するんじゃないかって考えたわけ」

驚《おどろ》く一同に、いつものように淡々《たんたん》と種明かしをする景野君。

「まさか投書したすぐ翌日に彼女が辞退届を出すとは思わなくて焦《あせ》ったけど、そこは高嶋が機敏《きびん》に対応してくれて助かったよ」

……なんと、私たちは景野君の掌《てのひら》の上で踊《おど》らされていたってことか……。

「パーフェクトな黒幕っぷりだな。零、景野に弟子《でし》入りした方がいいんじゃないか？」

「オ、オレは薄々《うすうす》そんなことじゃないかと思ってたし！」

「騙《だま》すような真似《まね》してゴメンね？　でも君たちは期待通りに西園寺さんを救ってくれたわけだし、感謝してるよ」

「ご迷惑《めいわく》をおかけして、申し訳ありませんでした……！」

悪びれた様子もなく微笑《ほほえ》む景野君の横で、アリスちゃんが深々と頭を下げる。

「本当に、何から何まで皆《みな》さんのおかげですわ。――野田君、学校運営に意欲があるなら、是非生徒会に入ってくださいませ」

「いや……やっぱりおれはヒーロー部に専念したい。よく考えたらおれには地球を守るという重大な使命があるからな！」

野田君はあっさりと断ると、「修行《しゅぎょう》だー！」という掛け声とともに、うさぎ跳《と》びをして部室の方へと去っていった。なんだ、あの高速うさぎ跳び！

他の部員たちもおしゃべりしながらその後に続いていく。

さて、今日の放課後は何をしようかな……。

＊＊＊

「残念だったね、上杉君」

「私、投票したのにな～」

「ありがとう。でも正直、こんなもんかなと思う。思い付きの立候補だったし」

「あはは、思い付きで立候補とかウケる！　でも上杉君なら会長も楽勝でできちゃいそうだもんね」

「いいなあ、なんでもできちゃう人は」

「めっちゃ要領いいもんね～」

「……」

「上杉君？」

「いや、ごめん、先生に呼ばれてたの思い出した。じゃあここで……またね」

思わず頬がこわばったのをすぐに笑顔で誤魔化《ごまか》して、囲んでくる女子たちと別れる。

一人、人気のない廊下《ろうか》に出たところで。

バアン！

彗は空き教室の扉《とびら》を思いっきり蹴《け》りつけた。

「……うぜえ……」

選挙に負けたことも、悪気なく地雷《じらい》を踏《ふ》んでくる女子たちも、そういう諸々《もろもろ》で揺《ゆ》らいでいる自分も。

色んな事がぐちゃぐちゃになって気分は最悪だったけれど、一番腹立たしいのはヒーロー部の連中の存在だ。

もともと今年は選挙で勝つつもりはなかったし、会長の仕事も面倒臭《めんどうくさ》いと思っていた。全部計画していた通りだったのに、想定外に凹《へこ》んでいるのは、一度は勝つつもりになったからだ。あいつらに振《ふ》り回された。

ヒーロー部がいなければ、こんな思いはせずに済んだのに……！

彼らの演説も相変わらず悪目立ちしていて、最悪だった。

野田たちが常識外れの奇天烈《きてれつ》な言動をする度《たび》に、すうっと周囲の空気が冷たくなり、呼吸が薄《うす》くなるような感覚を覚える。

馬鹿《ばか》なことをやって恥《はじ》をかいているのはあいつらなのに、自分の方が変な汗《あせ》が出て、いたたまれなくなって……にもかかわらず、張本人は周りの反応なんてお構いなしで、むしろ生き生きとしているのだ。

――「お前もおれも、やりたいことをやればいい」

まっすぐにこちらを見つめる野田の顔と声が蘇《よみがえ》り、ギリッと奥歯を噛《か》み締《し》める。

おまえらばっかりやりたい放題やってんじゃねえよ、と思うと同時に、見ないふりして押し込んでいた問いが浮かび上がってくる。

（……オレがやりたいことってなんだ……？）

有名大学に入ること。高収入の企業《きぎょう》に入ること。親や周囲の期待に応《こた》えること。

賞賛を浴びること。女子にモテること。カースト上位をキープすること……？

面倒臭い。何もかもが面倒臭くて仕方なくなる瞬間《しゅんかん》が、しょっちゅう訪《おとず》れる。

勉強も部活もＳＮＳも全部ほったらかして、できるならずっと寝《ね》ていたい……。

ピロリンと着信音がして、もはや無意識にスマホに視線を向ける。

神月『お疲《つか》れ。災難だったね』

災難。そう、あのヒーロー部の奴《やつ》らと同じ舞台《ぶたい》に立たされるなんて、災難以外の何物でもないのだ。掲示《けいじ》物に名前を並べられるだけで苦痛。

彼らは自分の気持ちをわかってくれる……。ホッと息を漏《も》らしながら、彗は返信する。

『地獄《じごく》だった』

『なんで痛いくせに出しゃばるんだろ、あいつら』

Ｗｉｎｇ『あんだけ滑《すべ》ってるのに、全然こりないもんな。頭おかしい』

神月『こっちの頭がおかしくなりそうだよ』

神月『ほんと、きつい』

神月『存在が無理すぎる』

畳《たた》みかけるように出てくる悪口。

神月はあいつらと同じクラスだから、そうとうストレスが溜《た》まっているのだろう。

こちらが相槌《あいづち》を打つ前に、また、メッセージが届いた。

神月『つぶせないかな。ヒーロー部』

番外編　乙女ゲームはお好き？

激しく嘶《いなな》く雨風に、時折閃《ひらめ》く稲光《いなびかり》。

こんな季節外れの台風でも、あの厨二病《ちゅうにびょう》の少年たちなら何かが起こる予兆だとか妄想《もうそう》に胸を弾《はず》ませているのかもな……。

そんなことを考えて微《かす》かに口元を緩《ゆる》めてから、不破氷雨《ふわひさめ》は窓辺から離《はな》れ、先ほどまで座っていたソファに再び腰《こし》を沈《しず》めた。

読みかけの単行本に手を伸《の》ばしたところで——


「やっとできましたよ」

名雪創思《そうし》が晴れやかな笑顔《えがお》でリビングに入ってきた。

ここ数日、この同居人は部屋にこもりがちだったので、また趣味《しゅみ》である発明・創作に打ち込んでいるのだろうと思ってはいたが、どうやら完成したらしい。

「今度は何を作ったんだ？」

「ヒーロー部の乙女《おとめ》ゲームです」

「…………は？」

ポカンとする氷雨を手招きすると、創思は部屋の隅《すみ》に置かれたデスクトップ型のゲーミングパソコンにＵＳＢを差し込み、データを立ち上げる。

明るく軽《かろ》やかなＢＧＭとともにディスプレイに現れたのは、「皆神スクール☆パラダイス」というタイトル画面。背景は皆神高校の写真が使われている。

「生徒が楽しみながら勉強できるよう、恋愛《れんあい》ゲームの要素がある学習支援《しえん》ソフトを作ってみたんですよ。特定の科目を勉強することで、攻略《こうりゃく》キャラクターの親密度が上がっていく仕組みです」

「本当になんでも作るなおまえは……。意図は理解したが、ヒーロー部の、ってことは攻略キャラクターがあの厨二病どもということか？」

人選間違《まちが》ってるだろう絶対、と思ったけれど、創思は「はい」と笑顔で頷《うなず》く。

「彼らはキャラが立ってるから作りやすかったんですよ。もちろん本人の許可はもらっています。――というわけで氷雨、テストプレイしてくれませんか？」

「…………」

「そんなあからさまに嫌《いや》そうな顔しないでください。お願いします。まだ試作版《プロトタイプ》でボリュームもそんなにありませんし……氷雨の好きなレモンのマドレーヌを焼きますから。ね？」

両手を合わせた創思から、熱心に懇願《こんがん》されて。

氷雨はふうっとため息を吐《つ》くと、パソコンの脇《わき》のコントローラーを手に取った。

☆★☆

「まずはプレイヤー名の入力ですね。本名でもいいですが……」

「なぜ俺があいつらに口説かれにゃならんのだ」

女子の名前、でパッと頭に浮《う》かんだ『聖　瑞姫』を入力。あだ名も『ピンク』と入れておく。

スタートをクリックすると、暗転して、トントンというノック音が響《ひび》いた。

続いてキイ……とドアの開く音がした直後、賑《にぎ》やかな音楽とともに画面が明るくなり、赤白帽《ぼう》を被《かぶ》った少年の立ち絵が現れる。

『野田：ヒーロー部へようこそ～！』

『野田：よく来たな！　何か事件か？　悩《なや》みか？　頼《たの》み事か？
　困ったことがあればなんでもおれたちが解決するぞ！』

『瑞姫：実は、最近授業についていけなくて……
　このままじゃ、期末テストで赤点になってしまうかもしれないの』

『野田：なるほど。じゃあ、おれたちと一緒《いっしょ》に勉強しようぜ！
　部員たちにはそれぞれ得意教科があるからな。
　力を合わせてテスト怪人《かいじん》をやっつけよう！』

『誰《だれ》と一緒に勉強しますか？
　▼野田（数学）　高嶋（日本史）　中村（ＡＬＬ）
　九十九（現国）　厨（物理）　厨（英語）』

　なんだＡＬＬって、とか厨は二科目あるのか、とか思いつつ、なんとなく高嶋を選ぶと、

『高嶋：よし、頑張《がんば》ろうな』というエールの後、画面いっぱいに問題が表示された。

『問一　次の戦国時代の出来事に関する文章a～dについて、正しいものの組み合わせを①～④のうちから選べ。……』

　わりとガチに解かせるんだな、と思いながら答えを選択《せんたく》する。直後、ピコン、と大きな○とともに画面下に高嶋のちびキャラが登場し、『正解～』と拍手《はくしゅ》。

『高嶋：本能寺《ほんのうじ》の変は1582年【いちごパンツ】の織田《おだ》信長《のぶなが》、で覚えるといいぞ！

　ちなみに俺は空良ちゃんにはいちごもいいけどしまパンをはいてほしい……』

「アウト。生徒に何言わせてるんだ」

「前に本人が話していたのでつい……」

　そんな感じで十問解き終わると、『凄《すご》いじゃん！　もしかして天才？』という賞賛とともに『好感度大アップ！』の文字が現れた。

「高得点をとるほど好感度が上がるようになっています。他《ほか》にも一緒に帰ったり、休日にデートしたり、プレゼントを贈《おく》ったりすると親密になれます」

「なるほど」

『下校時刻——。

瑞姫：あ、あの人は確かヒーロー部の……厨君、だっけ。

　一緒に帰ろうって声かけてみようかな？
▼声をかける　　やめておく　』
『瑞姫：厨君、よかったら一緒に帰——』

『厨：…………』

『瑞姫：……行っちゃった。聞こえなかったのかな』

「なんだ、不愛想な奴《やつ》だな」

「貴方《あなた》が言いますか。——厨君はツンデレなので最初は冷たいです。他の子もそうですが、仲良くなると向こうから誘《さそ》ってくれるようになりますよ」


以降、とりあえず毎日高嶋と勉強して、時々アニメグッズをプレゼントしたりしていたところ、週末には遊びに誘われるようになった。

出かける先がいつも「アイライブ！」等のオタクイベントばかりなので、これは果たしてデートなのかとツッコみたくなったが、それでも人込みではぐれないように手を繋《つな》いだり、突然《とつぜん》の雨に相合い傘《がさ》をしたりと乙女《おとめ》ゲームらしい出来事も挟《はさ》みつつ、ひたすら問題を解きまくっていたら、ある日の放課後に中庭にある〈伝説の樹〉の下に来てほしいと呼び出される。

『高嶋：最初はただの友達だと思ってたんだけど……俺、いつのまにか聖のこと……。まさか、三次元の女子に、こんな気持ちを抱《いだ》く日がくるなんて、思わなかった』

（ようやく告白か。全体的に糖度は低いが、最後はちゃんと乙女ゲームなんだな）

『高嶋：お前のことが、空良ちゃんと同じくらい好きだ！　三人で幸せになろう！』

「――いや駄目《だめ》だろう。なんだこの告白は！」

「あはは、高嶋君にはやっぱり空良ちゃんを愛し続けてほしいと思いまして……さあ、次は誰にしますか？　攻略がオーソドックスなのは高嶋君と厨君ですが……」

「オーソドックス……？　そういえば厨は二科目あったが、あれはどっちでもいいのか？」

「過程は共通ですが、物理でクリアすると通常の厨君エンド、英語でクリアすると【†刹那　騎悧斗†】バージョンのエンディングになります」

「無駄に凝《こ》っている……」


適当なセーブデータまで戻《もど》り、英語を選択してみた。

『厨：オーケー、今日は発音練習だ。

　Are you ready for the microphone?（マイクの準備はいいか？）』

「あ、発音練習の時はこれを着けてください」と創思からマイク付きヘッドフォンを渡《わた》される。

『厨：Repeat after me.（繰《く》り返して。）

　You're the most beautiful man in the world.（君は世界一美しい男だ。）』

「……You're the most beautiful man in the world.」

仕方なく繰り返したところ、『I know.（知ってる。）』とドヤ顔されたので、ディスプレイを叩《たた》き壊《こわ》したくなった。

「やめる」

「そう言わずに！　こういうのは偶《たま》にしかありませんから」

「偶にでもあれば十分きついぞ」

発音と筆記からなる勉強を繰り返していると、やがて高嶋の時と同じく週末に一緒に出かけるようになった。場所は映画館や水族館などで、ショッピングの途中《とちゅう》でアニメイトに行くなどのエピソードもあったが、普通《ふつう》にデートっぽい。

不愛想だった表情はどんどん笑顔《えがお》が増えて、態度も明らかに優《やさ》しくなり、ときどき気障《きざ》な台詞《せりふ》を囁《ささや》いたり、不意の接触《せっしょく》に赤面してみせたり……。

「乙女ゲームっぽさは厨君のシナリオが一番高いと思います」

「まあ、ヒーロー部内では比較《ひかく》的まともだしな。比較的、だが」

『厨・騎悧斗は世界のトレジャー……特定の誰かのものになるのはタブーだ。

……そう思っていたが、これ以上、自分の心に嘘《うそ》がつけなくなった。

フッ、自覚はあるのか？　ギルティ・エンジェル……』

「って全然まともじゃなかった。クサすぎるだろ！」

「【†刹那　騎悧斗†】バージョンなのでテンション高めでお送りしています」


『厨：俺の瞳《アイ》にはもう、お前という愛しか映らない……

　お前もずっと、俺だけを見てろよ。フォーエバー……マイラブ』

抱《だ》き合う二人のシルエットとともに、恥《は》ずかしい歌詞の音痴《おんち》な歌が流れ出す。

「エンディング曲も【†刹那　騎悧斗†】です」

「台無し感が半端《はんぱ》ないな……」


再びセーブデータに戻り、今度は野田にしてみる。

『野田：あ、ピンク、今帰りか？　一緒《いっしょ》に帰ろうぜ！
　▼はい　　いいえ　』
「おや、さっそく下校イベントですよ」

　ふと『▼いいえ』にしたらどうなるんだ、と興味がわき、そっちを選んでみた。

『野田：敵の襲撃《しゅうげき》を受けるかもしれないだろ。一緒に帰ろうぜ！

　▼はい　　いいえ　』

「!?『▼いいえ』」

『野田：そんなこと言わずに、一緒に帰ろうぜ！

　▼はい　　いいえ　』

「これ、断れないのか？」

「野田君は一度気に入った相手には強引《ごういん》なので……」

「まさかの強制イベント」

　週末は山に誘われた。

「他《ほか》より進展が速いな。攻略《こうりゃく》しやすいキャラなのか？」

「ふふ、そう見えて実は彼が一番ハードモードかもしれません」

(ほう……懐《なつ》いてくるが、恋愛《れんあい》に移行するのは難しい、みたいな感じか……？)

『野田：ピンク、大丈夫《だいじょうぶ》か？　この道を抜《ぬ》けたら目的地だぞ……――着いた！』

『瑞姫：わあ、一面のお花畑……綺麗《きれい》……！』

『野田：これを見せたかったんだ。ピンクは花が似合うからな！』

「こいつ、笑顔でさらっと恥ずかしい台詞を……」

「だって天然タラシでしょう、絶対」


『野田：じゃあ、さっそく修行《しゅぎょう》を始めるぞ。準備はいいか、ピンク？』

『瑞姫：修行……？』

「氷雨、立ち上がって、コントローラーをこれに持ち替《か》えてください」

棒状のコントローラーを両手に渡されて、眉《まゆ》をひそめる氷雨の左右の太ももに、今度はサポーターのようなバンドを巻き付ける創思。

なんだこのリング●ィットアドベンチャーみたいなものは、と思っていたら。

「野田君と親しくなると毎週『修行モード』が発生し、それをクリアしないと先へは進めません」

『野田：まずは軽く準備運動。スクワット50回だ！』

「肉体に訴《うった》えるタイプのハードモードか!!」

修行のメニューは回を重ねるごとに厳しくなり、野田ルートはリタイヤすることにした。

『中村：智慧《ちえ》の女神《めがみ》の祝福を受けたこの俺に、ついてこられるか……？』

「……おい、中村の問題だけ難易度が跳《は》ね上がってるぞ」

「せっかくなので彼は最難関入試レベルにしてみました。出題は全教科からランダムです……さすがに高校卒業から四年経《た》った氷雨には辛《つら》いでしょうか。またリタイヤしますか？」

ふふっと創思から挑発《ちょうはつ》的に微笑《ほほえ》まれて、ピキーンと癇《かん》に障《さわ》った。

「——やってやろうじゃないか」


この後めちゃくちゃ勉強した。

『中村：フッ、聖瑞姫よ。この世界で最早《もはや》お前に教えることは何もない……』

（やっと、終わった……）

脳みそをフル回転させ続けたせいでへろへろになりながら、告白を迎《むか》える。

『中村：折しも俺の故郷へ繋《つな》がる時空の扉《ゲート》が開いたところだ。

　祖国ウィルシュタインは美しい自然と豊かな資源に恵《めぐ》まれた魔法《まほう》国家。

　国民も王の帰還《きかん》を喜んで迎えてくれるだろう……』

そう語る中村の背後にはうねうねと黒い靄《もや》に囲まれた七色の鏡が描《えが》かれていた。

「なんか急にファンタジーになったぞ？」

「ゲームだしこういう展開もありかと思いまして」

『中村：異界の花嫁《はなよめ》となる覚悟《かくご》はあるか？

　……そうか。ならば、ともに行こう。俺たちの理想郷《エルドラド》へ――』

「……クリアしたはいいが、疲《つか》れすぎて何があったか全然記憶《きおく》にないな……」

「博物館やスイーツバイキングなどでデートして、好きな本の話で盛り上がったり、ナンパ男を厨二《ちゅうに》用語で撃退《げきたい》したりするイベントがありましたよ」

「ああ、『俺と運命を一刻《ひととき》、交差させてみないか……？』とか電話がかかってきてたな、

「そういえば」

創思が淹《い》れたコーヒーをこくりと飲み、芳醇《ほうじゅん》な香《かお》りにほっと吐息《といき》を漏《も》らす。

昼とは思えないほど暗くなった窓の外では、頻《しき》りに雷鳴《らいめい》がゴロゴロと唸《うな》りを上げていた。

ゲームにいそしんでいるうちに、天候はますます荒《あ》れてきているようだ。

「――乙女《おとめ》ゲームとしてはどうかと思うが、誤答の時は詳《くわ》しい解説もついているし、サポート教材としての機能やアイディアは評価する……テストプレイの感想はそんなところだな」

グッと伸《の》びをして席から離《はな》れようとしたところで、「え、待ってください」と創思に止められた。

「まだあと一人残っていますよ」

「これだけやれば十分だろう」

「そんな、可哀想《かわいそう》じゃないですか！　九十九君ルートもプレイしてあげてください！」

「可哀想っておまえ……。俺はもう疲れた」

「大丈夫です。九十九君はもともとチョロい設定ですが、プレイヤー名を『聖　瑞姫』にすると更《さら》にハイパーチョロチョロモードになる仕様なのであっという間に落とせます」
「おまえ完全に遊んでるだろ」

　幸い現国は漢字や慣用句の問題が中心だったこともあり、氷雨には呼吸をするようにこなしていくことができた。

『下校時刻――。
　瑞姫：九十九君だ。
　一緒《いっしょ》に帰ろうって声かけてみようかな？
　▼声をかける　　やめておく　』
『九十九：オレと下校したいって……ふーん。別に構わないけど……
　　せいぜい後悔《こうかい》しないことだね』
『好感度大アップ！』
「下校に誘《さそ》っただけでめっちゃ上がった!?」

「ハイパーチョロチョロモードなので」

『瑞姫：そうだ、これ、いつもお世話になってるお礼なんだけど……
何を渡《わた》す？
▼変なお面　ヒョウ柄《がら》のマグカップ　ネコ用おもちゃ　』

うっかり連打した。

『九十九：こ、このお面は……？』

『瑞姫：旅行のお土産《みやげ》。
九十九君、感性が独特だから、ちょっと尖《とが》ってるものがいいかと思って。
飾《かざ》っておくと幸運を呼び寄せるらしいよ』

『九十九：なるほど、ね……』

『好感度大アップ！』

「もうなんでもいいんだろ？」

「ハイパーチョロチョロモードなので」

『花火大会当日――。

瑞姫：遅《おく》れちゃってごめんね。浴衣《ゆかた》の着付けに手間取っちゃって……』

『九十九：…………じゃあ、行こうか』

『好感度大アップ！』

「本当にポコポコ上がるな」

「いや、ここは上がってもいいところでしょう。もう少し感情移入してあげてください」


足をひねった瑞姫がおんぶされて帰ったり、遊園地デートで観覧車から夕焼けを眺《なが》めたりといった恋愛《れんあい》イベントが起こる度《たび》に、「良かったですねえ……うんうん」としみじみしている創思。

こいつはなんでこんな見守り態勢入ってるんだ、と呆《あき》れているうちに、例の〈伝説の樹〉の下に呼び出された。


「いよいよですね。いよいよ、想《おも》いを伝える瞬間《しゅんかん》が……」

「おまえが作ったくせに何を興奮してるんだ」

『九十九：オレ……実はずっと、聖サンのことが好』

刹那《せつな》、カッと窓が光るや否《いな》やドドーン！　と雷鳴が轟《とどろ》き、周囲が全《すべ》て闇《やみ》に染まった。

「…………」

「…………」

「……停電か」

「よりによってこのタイミングで……九十九君、さすがというか、なんというか……」

暗闇の中でパソコンは、プ――――と微《かす》かな電子音を発しながら、真っ暗になった画面を淡《あわ》く光らせていた。

あとがき

こんにちは、藤並《となみ》みなとです。ようやく厨病《ちゅうびょう》の新シリーズをお届けできて、嬉《うれ》しいです。応援《おうえん》してくださる皆《みな》様に改めて感謝！

この「プライド超新星」シリーズはれるりりさんの新曲「羞恥心に殺される」をもとに構想してますが、今回は前二曲と趣向《しゅこう》を変えて厨病ボーイズではなく、彼らと敵対する子たちの歌という解釈《かいしゃく》で創作させていただきました。自意識過剰《かじょう》という点では、厨病ボーイズも羞恥心《しゅうちしん》メンバーも同様ですが、それが真逆に作用しているのかなと。ある意味裏表のような存在の彼らが交差することで生まれる物語の行く末を、見守っていただければと思います。

ところで皆様、アニメはご覧いただけましたか？　今年に入ってから世情が一変してしまって、なんだかもう随分《ずいぶん》昔のことのような気分なのですが、制作開始から放送終了、そしてファン感謝イベントまで、本当に幸せな時間でした。

　アフレコ収録は毎話見学させていただいたのですが、中でも六話の補習をやっている時に厨ファンの女子たちが大挙する一幕。女子たちをその場にいらっしゃった女性声優さん全員で演じてくださったのですが、いちいちテンションが凄《すさ》まじくて、厨《みくりや》が投げキッスするシーンでは興奮のあまりフンガフンガする鼻息まで聞こえてきて、あまりのパワーにその場の一同爆笑《ばくしょう》でした。脚本の後藤《ごとう》みどりさんの「ゴリラが交ざってる」というコメントまで含《ふく》めて非常にツボったので、今巻の体育祭編に反映させていただきました〜。

　そこ以外も毎回笑いが絶えなくて、スタッフさんは親切な方ばかりだし、キャストさんたちも仲が良さそうで、すごく雰囲気《ふんいき》の良い楽しい現場でした。


　なお、ＤＶＤの特典小説では厨病ボーイズの過去編（①ファウスト視点の十歳からの竜《りゅう》翔院《しょういん》成長記録　②ベンジャミン視点の九十九《つくも》＆厨の小六家出エピソード　③野田《のだ》と高嶋《たかしま》の幼稚園《ようちえん》時代）やちょっとＳＦ風味の話（④野田そっくりの謎《なぞ》のイケメンが登場）など、どれも気合入れて書き下ろしました！

　未購入《こうにゅう》の方は、テレビ未放送の第十二話が収録された四巻だけでもよろしければ……いやこの十二話がまた海に温泉に◯◯とサービス満点のスペシャルエピソードなので、是非《ぜひ》観《み》ていただきたいのです！

野田の優《やさ》しい「気にするな」、高嶋とおっさんのシンクロした「キラッ☆だよ」、中村《なかむら》のツタンカーメン、九十九の「ベンベンベンジャミン♪」、厨のノリノリ過ぎる◯◯掘り、瑞姫《みずき》の温泉での照れ顔、菜々子《ななこ》のお団子ヘア、ペットたちのアキラ１００％芸……好きポイントが多すぎる。

アニメ関連では可愛《かわい》いグッズもたくさん出していただいたので、アニメショップや通販などで、是非是非チェックしてみてくださいませ。

原曲のれるりり様、イラストの大神《おおかみ》アキラ様、イラストカットのこじみるく様、担当の白浜《しらはま》様、副担当の新田《にった》様、デザインの伸童舎様、校正様……その他《ほか》関係者の皆様に、心から御礼《おんれい》申し上げます。家族、親戚《しんせき》、友人もありがとう。

お手紙をくださった読者様、おかげさまで新シリーズが始まりました。あなたの貢献《こうけん》度はあなたが思っていらっしゃる以上に絶大です。いつも本当にありがとうございます！

もちろん、今読んでくださっているあなたにも、最大級の感謝を。

これからも、明るく前向きな気持ちになってもらえるようなお話をお届けできればと思っていますので、引き続き応援よろしくお願いします。

藤並みなと

れるりりさん コメント

こんにちわ、れるりりです。
最近ドラム式洗濯乾燥機を購入して、人生が変わりました。
いままでの洗濯物を「洗濯機に入れる↓干す↓取り込む↓たたむ」
という作業が「洗濯機に入れる↓たたむ」になり、
「干す」「取り込む」の工程が消滅したのです！
また通常干しでは雨の日の生乾きに悩まされていましたが、
ドラム式は一切そういうのなしです。
悪いことは言いません、
本当におすすめなのでぜひ皆さん買ってください(・ω・)

れるりり♪

BEANS BUNKO

「厨病激発ボーイ　プライド超新星」の感想をお寄せください。
おたよりのあて先
〒102-8177　東京都千代田区富士見2-13-3
株式会社KADOKAWA　角川ビーンズ文庫編集部気付
「れるりり」先生・「藤並みなと」先生・「大神アキラ」先生
また、編集部へのご意見ご希望は、同じ住所で「ビーンズ文庫編集部」
までお寄せください。

厨《ちゆう》病《びよう》激発《げきはつ》ボーイ　プライド超《ちよう》新星《しんせい》

原案／れるりり（Kitty creators）　著／藤並《となみ》みなと

角川ビーンズ文庫　22274

令和2年8月1日　初版発行

発行者――――三坂泰二
発　行――――株式会社KADOKAWA
〒102-8177　東京都千代田区富士見2-13-3
電話 0570-002-301（ナビダイヤル）
印刷所――――株式会社暁印刷
製本所――――株式会社ビルディング・ブックセンター
装幀者――――micro fish

●お問い合わせ
https://www.kadokawa.co.jp/（「お問い合わせ」へお進みください）
※内容によっては、お答えできない場合があります。
※サポートは日本国内のみとさせていただきます。
※Japanese text only

ISBN978-4-04-109554-6 C0193 定価はカバーに表示してあります。　◇◇◇

厨《ちゅう》病《びょう》激《げき》発《はつ》ボーイ
原案：れるりり（Kitty creators）
著：藤並みなと
Chubyou gekihatsu-boy
プライド超新星②
2021年初春発売予定!!
です♪
ヒーロー部の前に
立ちはだかる
敵の正体とは——!?

「脳漿炸裂ガール」「厨病激発ボーイ」に続く、
新たなる、れるりりワールド!!
僕がモンスターになった日
ureshino hayato
himawari tsukasa
syodo mamoru
原案：れるりり
(Kitty creators)
著：時田とおる
イラスト：MW
(Kitty creators)
①②巻
大好評
発売中!!
疾斗が目を覚ますと、
幼なじみの護、美少女・
つかさ、生徒会長の悠
弦、お調子者の功樹の
姿が。共通点はゲーム
で『レベル99』になっ
たこと。そこで突然モ
ンスターに襲われ、魔
王を倒すまで出られな
いと知り……!?
角川ビーンズ文庫

角川ビーンズ小説大賞
原稿募集中！
ここが「作家」の第一歩！
イラスト／伊東七つ生
賞金
大賞 100万円
優秀賞 30万円
奨励賞 20万円
読者賞 10万円
締切 3月31日
発表 9月発表（予定）
応募の詳細は角川ビーンズ文庫公式サイトで随時お知らせいたします。
https://beans.kadokawa.co.jp